ちくま文庫

「世間」心得帖

嵐山光三郎

JN113886

筑摩書房

目次

「世間《せけん》」心得帖《こころえちょう》

序章

「世間知らず」から始まる

どうにか学校を卒業して就職したとき、母親のヨシ子さんが「お前は世間を知らないから、やっていけるかどうか」と言った。

グータラ息子に同情する目で、

「まったく世間知らずだから……」

と言うのである。出社する日の朝きっぱりと、

「世間は甘くないよ」

と釘を刺された。新聞を読んでいた父のノブちゃんも、

「世間は学生風情とは違うからな、だはは」

と不気味に笑いつつ、

「覚悟しとけよ」

とつぶやいて味噌汁をすすった。それは、自分たちが住んでいる「世間」へオッチョコチョイの息子をひきずり込むときがきた、という呪詛の祝福のような気配だった。

就職さきは木造三階建てのアバラヤ（出版社）で、二百人ほどいる社員はだれひと

りとして世間並みではなかった。定時に帰る者はほとんどなく（定時出勤する者もなく）、ダダイスト三名、アナーキスト四名、共産党党員十余名、大学教授兼務五名、逮捕歴（前科者）三名、空手道場を兼務する者一名、画家三名、民俗学者（谷川健一）、プロレス評論家一名、植物学者三名、作家五名、作家の家族（谷崎潤一郎の弟、鷗外の甥、木下杢太郎の娘など）四名、人気俳人の息子、芸術祭審査員一名、長期療養者（アルコール依存症）三名、と、よくもまあこれだけ世間並みでない連中が集まったと思える会社だった。昔の出版社は著名作家や芸術家の子弟を雇用する傾向があった。

最初に配属された事業課は、詩人の難波律郎氏（新宿で連れ込み旅館を経営）、高橋シメ子さん（日本舞踊坂東流師匠）、都々逸研究家（家庭教師をした娘と結婚）、考古学愛好家（電話応対の声がバナナの叩き売りのようにでかい）の四人とヘアリキッドで髪をオールバックになでつけた篤実なる課長（共産党党員）がいた。私は課長の熱心なすすめにより「アカハタ」定期購読者となり、JR四ツ谷駅前にてアカハタのビラまきをした。

冷房がないから、社長自ら半ズボンで、バケツに氷を入れて足を冷やしていた。びっくりしたのは詩人にしてサガン『悲しみよこんにちは』を翻訳した安東次男氏で、安東氏は私の大学のフランス語教師だった。

そこに通りかかったのは林達夫編集長で、紺色の風呂敷包みをかかえて一緒に歩いている人はノーベル賞の湯川秀樹博士だった。気になったのは、女物の下駄をはき、オバケのような長髪をたらして不敵な笑みをもらす西巻興三郎氏だった。この人は「美術批評」編集長として、雑誌「ユリイカ」の伊達得夫《だてとくお》編集長とともに高校生のころよりのあこがれの人だった。

毎日、怪物怪人図鑑を見に行くような気分で会社へ出かけていた。世間並みではないが、私にとってはそこが世間だった。ヨシ子さんにむかって「たしかに世間は甘くない」と報告したが、ヨシ子さんが言う世間と、私が生息する世間とはいささかズレがあった。

入社して一年め、女を連れて新宿歌舞伎町飲食街の裏手にある律郎兄の連れ込み旅館へ行った。夜の十時ごろだった。ベルを鳴らして玄関へ入ると、澁澤龍彦氏そっくりの律郎兄が出てきて、

「お泊まりですね。前金で三千円いただきます。はい、ごゆっくり」

と言って茶とモナカを運んできた。変なもんですよ。

つい三時間前まで私が書いた記事を朱筆でことごとくなおしていた上司が、目線を

わざとはずして、低い声でボソボソ言うんだから。

なにしろ五十年以上前だから一泊二名三千円はいい値段である。会社の上司なんだから半分くらい（つまり私のぶんだけ）まけたっていいのに、まったくそのそぶりがなく、私は、

「これが世間だ」

とヨシ子さんの教えを思い出した。部屋へ入ると「舌代」と達筆でしたためた料金表がガラスの額に入れてあった。

――朝は十時までで御座居ます。……ジュース八十円、ビール百円。亭主敬白。

なにが亭主敬白だ、と思ったけれど、上司の家だからシーツを汚してはいけないと気をつかった。

翌朝は午前十時に旅館を出たが、律郎兄は玄関を掃除していて、上目づかいで見ながら、

「行ってらっしゃいませ」

と小声で言った。

律郎兄が出社してきたのは午後二時三十分で、机の前に座るや、

「よー、よー、うちの旅館に私の知人で女を連れてきたのは田村隆一以来、きみがは

じめてだよ。これは快挙だから組合ニュースに書こう」

と言って、組合ニュースの「働く仲間」というコラムに書きはじめた。律郎兄は小声で私をよび、

「あの女、いい女だな。今度オレにも紹介しろよ」

と言うのだった。

「うーん。世間は甘くない」

と、唸った。

中学校や高校では、世間なんかちっとも教えてくれなかった。社会科の名物教師ボンちゃんは、

「三権分立だの、人権、階級、国家、社会科学・福祉とはコレコレだ」

と教えてくれたけれど、

「世間とはナニカ」

は教えなかった。

大学には社会学部はあっても世間学部はなくて、世間そのものは厳然としてあるのだった。

世間は学問のレベルをはるかに超越した虚空にあるものと思えた。

そんなころ、高校の二年後輩の笠井叡《あきら》君が、暗黒舞踏の土方巽《ひじかたたつみ》門下となり、「土方先生が風邪をひいたので金粉ショーの代演をせよ」と言ってきた。

金粉をサラダオイルでまぶして全身に塗りたくり、虎柄のパンツをはいて、タイマツ二本持って「タブー」の曲にあわせてキャバレーで踊った。007シリーズのゴールドフィンガーの映画が流行したときで、金粉を塗ると皮膚呼吸ができなくなり、塗ってから一時間で死ぬ、とされていた。

踊りながら、いかにも苦しそうに「う、う……」と痙攣してもがくとホステスたちの眼が妖しくぎらりと光った。そのころは唐十郎や麿赤兒も土方巽の差配で金粉ショーをやっていた。ホステスからあびせられる視線がキラキラして「これも世間だな」と感じていた。

キャバレーの楽屋で金粉のついた躰を洗剤のライポンFで拭き取ってから銭湯へ行って、もう一度洗い流すと、金粉膜が湯の上に浮いて、

「黄金の世間だ」

と思った。金粉を塗った翌日は、下着がロクショーで青く染まった。そのブルーの下着に世間のしみのようなものを見ていたのだった。

しばらく金粉ショーのダンサーをやっているうち、シンデレラ姫のようなホステスさんが、やさしい声で、

「もうやめなさい。死んじゃうわよ」

と心配してくれたが、つぶらな瞳の奥では、

「死ねば面白い」

と思っているようだった。写真部の友人が浅草のキャバレーへきて金粉ショーを撮影し、紙焼きしてくれた。その写真を見つけたヨシ子さんはぷいと横をむき、

「いいかげんにしなさい。世間様に顔むけできない」

と言って破りすてた。世間にはいつのまにか様がついていた。

「お父さんだって酔っ払って転んで泥だらけで帰ってきても、金粉は塗りません」

なんだかよくわからないような説教だった。

そう言われた翌日、ダンサーのおねえちゃんが花柄の傘をさして会社へ遊びにきて、

「わたしのアパートへきなさいよ」

と誘われてしばらく居ついてしまった。その半年後にアパートを捜しあてたヨシ子さんがやってきた。ベランダに干してあるガラパンが目印になった。ヨシ子さんがデパートのバーゲンセールで買ってきたガラパンだった。で、

「世間体がよくない」

と言った。世間には様だけでなく、体がくっついているのだった。

そのころは「同棲」が時代のブームで、漫画家やミュージシャンや不良作家や喫茶店のボーイが同棲していて「そういうのをやってみたい」と思っていた。

給料が入って自由にお金を使えるようになったが、もとより動機が不純だったので、女に愛想を尽かされた。女はサラ金業の男と親しくなり、アパートを出ていった。出張から帰ると、女は荷物ごと消えていた。家具一切がなくなった部屋にひとりでいる極めつきの淋しさを体験して、「これが世間か」と実感した。

なんとも無様で世間体が悪く、この世間体はどんな体つきなのだろうかと考えた。レスラーみたいに筋肉質なのか、ロダンの「考える人」のように哲学的なのか、ツイーギーのように細身なのか。

それで、また別のアパートを見つけて一人暮らしをするうち、昔からの友人が遊びにきて、連夜、酒場みたいになった。

やたらと面倒見がいい藝大卒の彫刻家が「世間相場ってものがあるんだ」と解説した。「世間には株の相場みたいに変動があってさ、その波のすきまに突っ込んで金目のものを略奪するんだ」

いささか難しい話だったが、その人はひったくりの達人で「ちょっと待ってろ」と言って新宿歌舞伎町の盛り場まで走って、金満家の革カバンをひったくり、現金をポケットにねじこんで一時間で戻ってきた。

その金でウイスキーや缶ビールを買って飲みつつ「世間ばなれしなきゃだめだ」とつぶやいた。豪放ライラクな気のいい快男児で、「金がないときゃひったくり」であったが、いつのまにか、すーっと消息を絶った。

世間体については、会社の先輩に聞くに限ると思いたって、尊敬している西巻興三郎氏に、「聞きたいことがあるんですけど……」とおそるおそる訊いた。

「なんだ、女の相談なんかすんなよ」

「は、はい」

「金の相談もすんなよ」

「は、はい」

「仕事の相談もすんなよ」

「は、はい」

「じゃ、なんだ」

「あの、世間体についてですが」

「世間体がどうした」

「どういう体つきをしてるんでしょうか」

「オレみたいな体つきだ」

即座に答えた。

西巻さんは、私に編集のイロハからニホヘト、をへてチリヌルヲワカはもちろん、ヱヒモセス、ンまで教えてくれた恩人である。そのころはニホヘトぐらいまで教わっていた時期だった。じろじろと西巻さんの体を見つめて、

「これが世間体か」

と思った。西巻さんはアンディ・ウォーホルがデザインした赤シャツの下にダブダブのズボンをはき、眼つきは丹下左膳みたいにニヒルだった。歩く妖怪といった兄貴分が、

「オレみたいな体つきだ」

と言うから、

「嘘でしょ」

と言ったら、

「嘘だよ」

ということだった。

「本当のこと教えて下さいよ」

「おまえ、世間魂は何か知っているか」

西巻さんは急に知識人の顔つきになった。

「世間とは仏教用語で、人間が集って、煩わしい生活をする空間を言う。つまり有情の者が生活をする現実の境界をさす。な、無常な世間にはなり得ない。世間者《せけんじゃ》というのは、その有情の境界をだな、うまくわたる人間の魂だ。聞いてんのか、おまえ。その魂がだな、ふんわりとつながって、綿飴になるときがあり、それが世間体だ」

「もうちょっと、わかりやすく言って下さいよ」

「マルセル・デュシャンの『処女から花嫁への移行』という作品があるだろう。ニューヨーク近代美術館にありますよ。あれが世間体だ」

「ポロックの抽象画なんかもそうですか」

「ま、ポロックは世間体もどきだな」

「ジャスパー・ジョーンズは」

「あいつの金属の歯ぶらしは世間体の小物つーとこだな。うむ」

ということだった。しつこく聞くと叱られそうなので、雑誌部長で義理人情史観親

分肌の馬場一郎氏に聞くと、

「日本の美だ」

という答えがすぐ返ってきた。

「日本のこころですよ、きみ。ひとことで言えば百人一首だな」

「はあ」

「百人一首にあるでしょ。ひさかたのひかりのどけき春の日に、しづ心なく花の散るらむ、つーのが。あの心境ですよ。春の日にだな、グビ（ビール飲む音）、桜の花が（グビグビ）、こう（グビ）ハラハラと舞ってくる。その心をうつ景色、ドボドボボ（ビールつぐ音）、コトン（おく音）、それが世間体だ」

通りがかった下中邦彦社長が「渡る世間に鬼はないですよ。世間とはモラルですな。ピカッと光る企画を考えなさい」とつぶやいた。

桜咲く四月三日は父の命日である。西巻さんも馬場さんも下中さんもすでに天の星となられた。


会社で一番強い人はだれかと考えたら、軍隊士官あがりの労組委員長であった。委員長は組合事務所の机の上に足をドーンと乗せたまま、

「なにを聞きたいんだ」

と言った。

もと執筆者で出版労連書記長の大物であったから専従委員長となった。

「世間体ってなんですか」

「おまえなあ」

委員長は鼻毛をピッと引き抜いた。

「人にものをたずねるときは、アイサツの品ぐらい持ってこいよ」

あわてて近くの煙草屋へ行ってピー缶（缶入りピース）を買ってきて差し出すと、カリカリッと缶の蓋を開け、ピース一本をプカーッと吸って、

「世間体とはモノだ」

あ、そーか。

わかりやすい唯物論であった。以後、机のひきだしにホープやハイライトの煙草を入れて、世話になった人に渡すように心がけた。これを一年間続けると、

「見ためほど世間知らずじゃないよ」

という声が聞こえるような気がした。心じゃなくてモノが基本である。友情はモノである。愛もモノである。ペンはモノである。原稿用紙はモノである。本はモノであ

る。労働はモノである。「賃上げは無限である」。世間はモノでできている。そんなころヨシ子さんが、

「おまえ、世間がセマイんじゃないの」

と恐怖のマザーグース蹴り発言をしてきた。

「どういうことですか」

「つきあってる人が、ごく限られた人ってことよ」

私は人みしりするタイプで、自分には甘く、他人にきびしい性分だ。

「世間は広いようで狭い。悪いことはできませんよ。まさか、と思っていても人様への悪口を言ったりするとすぐばれますよ。お世辞もばれる。世渡りは命がけ……」

と言いふくめられた。

会社では女性上司に頭を下げ、社外の人とも親しくすることにした。で、①印刷会社のトンちゃん②定食屋の女主人スズコちゃん③近くのNTV照明部長のカトーさん④大物作家を手玉にとる美人編集者⑤理系編集者の坂崎重盛氏とつきあった。

この五人に共通するのは、性格が誠実温厚で時代を見る目が深いという感じであった。

印刷会社のトンちゃんが勤める工場は板橋の小豆沢《あずさわ》にあって、新型印刷機が入るた

びに見学に行った。事業課は月刊の会社PR誌を編集していて、毎月出張校正をした。昼食用にそば屋の天丼をとってくれた。印刷工場のインクの匂いのする天丼だった。

定食屋のスズコちゃんは千代田区四番町に住む美しい人妻だった。定食のおかずの残りで夜食弁当を作って届けてくれた。上役の女性編集者はみんなステキだった。そのころから、じわじわと「女の時代」が始まった。男社会の経験則が破綻して、女たちが勘と才気で新しい価値観を創り出した。女上司に気にいられることが「できる男の条件」だと気がついた。

女子に学んで世間を広くするうち、ヨシ子さんが味噌汁用の大根をきざんでいるのを見て、

「よ、ゴクローさん！」

と声をかけたら、

「おまえさん、世間ずれしてきたわね」

と睨みつけてきた。

「世間ずれは、股ずれみたいなものですか。グラマー女優の股ずれ」

「そういう言い方が世間ずれなんですよ」

ヨシ子さんは切りかけた大根をぎゅっとつかんで投げつけた。よく物を投げる人で、

父のノブちゃんと夫婦げんかするときは、皿や箸が茶の間をとびかうことがたびたびだ。

「世間知らずってのも困るけどね、世間ずれはもっとよくない。世間ずれはサラリーマンの職業病なのよ。ペコペコ頭を下げてりゃいいってもんじゃないのよ。自分の考えは胸のうちに秘めて、誠実に生きてくんですよ」

ヨシ子さんは女子高生のときはとても勉強ができたそうで、そのことをノブちゃんにも自慢していた。

「さすがヨシ子さんだなあ」

と感心すると、本人も、

「自分ながら気のきいたことを言った」

と満足気であった。

「世間体ってものが大事なんですよね」

「そう、世間様ってのは、そういうもんです。世間をなめちゃいけない」

なめる？　これまた難しくなってきた。飴みたいに舌でペロペロと味わうことなんだろうか。首を傾げると、

「みくびるってことよ。世間ずれして世間をなめると世間からしっぺ返しを受けます

よ。世間は感情的だから」

「はあ、そうですか」

「そういうものよ。世間は甘くないんだよ」

「しょっぱいんですか」

「苦いのよ。世間ずれして世間をみくびると、世間に復讐されますから」

ますます怖くなってきた。世間というえたいが知れない魔物がいる。

「世間は張物《はりもの》なのよ。実体以上に見せかけてあるから、だまされやすいしね。そのへんも見極めなくちゃ」

台所の床に散った大根の切れっぱしを集めてザルに入れて洗い、おかかと醤油をかけてぽりぽり食べた。

「世間には目があるんですよ。耳も口もあって、裏でコソコソやっていても、みんなばれちゃうんだから」

「忍術使いみたいだな」

「秘密警察か神様」

「どっちなんですか」

「両方ですよ。黙って聞いてればいいんです。言ってる私のほうもこんがらがってきた」

「わけわかんない」

というと、縁側のガラス戸がガラッと開いて、越中フンドシ一枚のノブちゃんが入ってきて、

「世間並みにすればいいいさ」

頭から湯気をポッポッとたてながら言った。

ノブちゃんは毎朝、フンドシ一枚になって庭へ下りて、木刀の素振りをするのが日課だった。

「世間並みか」

わかってるなら、早く教えてくれればいいのに、と思った。

「世間並みってのがじつは難しい。いろいろと体験してきて、世間並みが一番だとわかった」

ノブちゃんはブツブツと言いながら風呂場へ行ってシャワーで汗を流しているのだった。この、世間並みという言葉がけっこう気にいった。

月に一度の出張校正のとき、板橋の印刷工場でトンちゃんが出前をとってくれる天丼は「並」であった。「上」でも「特上」でもない「並」の天丼であるところにジン

としみてくる味わいがあるのでした。

仕事をそれなりにこなし、社内バレーボール大会の賞品係もやるし、たまには早く出社して上司のシメ子姐さんの机を雑巾で拭いたりするうち、私なりの世間魂が生まれてきた。身なりもちゃんとイトーヨーカ堂のダサイ背広を着て出かけるようになった。

「おまえの会社ってのはあんまりフツーじゃないようだね。かなりおかしいんじゃないのかい」

とヨシ子さんが言った。

「はー、わかりますか」

「給料はわりと高いし、そのわりに働いているようにも見えないから」

「そりゃ、そうだな」

「能力をもった人たちが多いからです。みんな、おまえなんかより、ずーっと頭がよくて立派なんですよ。自分もそうだと思ったら、とんでもないことになりますよ」

「なるほど……」

「感心している場合じゃないよ」

そう言い終わると、ヨシ子さんは伊勢丹春のバーゲンへ出かけてしまった。ヨシ子さんは、世間の異次元のところから息子を観察している気配なのだ。ノブちゃんが「世間並みが一番」という言葉にはしみじみと実感がこもっていた。

桜の花が散るころ、印刷会社のトンちゃんを誘ってスズコさんの店へ飲みに行った。昼は定食屋だが夜は一杯飲み屋になるのだった。トンちゃんの律儀な仕事ぶりに感謝しながら、薄いビールグラスにビールをつぎ、

「トンちゃんは世間並みのところがいい」

と言ったとたんに、トンちゃんの顔がヒクヒクと痙攣してきた。いつになく急ピッチで飲みはじめ、手酌で芋焼酎をグラスへついで、くーっとあおってから、

「どーせ、私はロクなもんじゃないですよ。死ぬまで印刷会社の営業マンだよ、バーロー」

と、あまり世間並みでなくなってきた。

「あんた、オレが世間並みの男だとバカにしてんだろ。あー、オレだってなあ、学生時代は空手部にいてガラス食ってたんだぞ。やってみようか」

トンちゃんは薄いガラスのグラスをガリガリと齧りはじめた。

「うめえ味だぜ」

唇に血を滲ませて、グラスの半分くらいを食べちゃった。

「よお、これでもオレが世間並みかよ。よーく見ていろよお」

そんなトンちゃんの姿を見るのははじめてだった。あわてて、ヨシ子さんの言葉を思い出して、

「世間並みじゃないよ、世間知らずだよ」

「なにをー、もう一度言ってみろ」

「あ、わわ、じゃなくて世間ずれ……」

「この野郎、表へ出ろ！」

トンちゃんは半分まで齧りかけのグラスを手に握りしめた。トンちゃんが酒乱の人であることはあとで知った。普段は静かな人なのに酒が入るとガラリと変る。ガラッと変るが、言っていることはマトをついているのだった。

そのとき、カウンターのなかにいたスズコさんは、

「ちょっとトンちゃんにお願いがあるの」

と涼しい声を出した。奥の調理場にある蛍光灯を一本はずしてきて、黒ずんだ汚れをフキンで拭きとってから、

「これ、食べられる？」

とさし出した。

「モチロン食えるよ。蛍光灯はうまいんだ」

「じゃ、食べてみて」

「よし、食ってやる」

トンちゃんは蛍光灯の両端を両手で握って、トーモロコシを齧るようにガリガリと食べた。

「ちょっと待ってて、写真撮るから」

とスズコさんは小さく拍手して、

「うちの息子に見せてやるの」

ストロボがピカッと光った。

「もう一枚撮るわよ、パシャッ。笑ってね。にらみつけると怖い顔になるから、ニコニコして。カシャッ。もう一枚、はいチーズ。そうそう。かわいいトンちゃん。ぱちり、ハイ、ありがとう。トンちゃんは、本当に世間並みじゃないわね」

トンちゃんは急に気分をとりなおして、御機嫌になった。

トンちゃんの怒りがおさまったとき、店の外からパトカーのサイレンが聞こえた。

パトカーは十軒となりにある太平山酒蔵で止まって、暴れる男を警察官がとりおさえて、パトカーへ押しこめていた。

「あれー、暴れているのはカトーさんじゃないの。どうなっちゃっているんだろう」

おりしも満月の夜であった。満月の夜は、ジキル博士のみならず、加藤郁乎氏を変身させるらしい。郁乎さんは澁澤龍彦氏や松山俊太郎氏（インド哲学・空手家）、土方巽氏（暗黒舞踊）、種村季弘氏（ドイツ文学者）と徒党を組む詩人であった。ワイシャツやネクタイがちぎれたカトー詩人は、ラッキョウみたいな眼玉を血走らせて、

「ウォーッ、ガーッ」

と吠えているのだった。この夜のカトーさんの乱闘事件は「日本テレビ部長、夜の乱闘劇」というタイトルで、週刊文春の囲み記事となった。すぐ近くの日本テレビへ加藤さんの見舞いに行くと、労働組合のビラに「加藤部長暴言！　日本にテレビはいらない」という記事が出ていた。労組との団交の最中に会社側の一員として出席した加藤部長が、春闘の組合要求に対して、暴言をはいたという。

その一週間後にカトーさんはふらりと私が勤める会社にやってきた。私の机にある電話機をジーコジーコと廻して、

「あ、玉柳さん、カトーです。上寿司十二人前をこちらへ届けなさい。上握りですよ。いますぐに、はいはいはいはい」

と注文して、私が机の奥に隠しておいたワンカップ大関を飲んだ。あわてた私は応接間にある電話機から寿司屋へ連絡してキャンセルした。いま思い出しても脂汗が出る。玉柳は私もよく行く店であった。

そのあと、坂崎重盛が会社へやってきた。坂崎氏は自宅の部屋にブランコを造った変な人で、

「広いようで狭い世間というものはどれくらいの大きさでしょうか」

と訊くと、

「あっという間だ」

ということだった。

「あっ」と声を出したら〇・七秒ぐらい。

「〇・七秒の長さはどれくらいですか」

「柱と柱のあいだが一間である」

「というと？」

「一間は六尺でおよそ一・八メートルだ」

「すると世間は一・八メートルが基本ですか」

「そうだな、京都には三十三間堂があり、男は六尺ふんどし」

「垢を落とすための固形洗剤がありますよね」

「それはセンタクセッケンだ。泡がたっても世間はたたないよ」

とのことであった。

芭蕉さんは「生涯軽きほどわが世間に似たれば」と言った。

「わが世間というのは、芭蕉さんの生涯という意味です。日々の生活をカルーくすませたほうがいいのだ」

坂崎氏は銀座「タカゲン」の自慢のステッキを軽やかに廻しながら、そう教えてくれた。

「世間体というのは世間に対する体裁だよ。体面ですな。世間への申しわけがたてばいい」

わかりやすいなあ。世間魂というのは世渡りの知恵ということと思いついて、ひとまず、大きく息をついだ。

PART1

あの世と脳内世間

エンジェルの勘定

朝っぱらから起こされたので、びっくりして目を醒《さ》ました。台所の壁からぴんぽんぴんぽんとインターホンの音が鳴り、ばたばたと人が歩き廻る音が聞こえた。パジャマ姿でサンダルをはいてドアを開けると人の姿は消えていて、裏木戸の柵にダスキンの袋がかけてあり、月一回の交換日と察した。寝室へ戻って時計を見ると午前十一時だった。

毎晩、というより毎朝寝るのは朝六時であるから七、八、九、十、十一時まで五時間は眠ったことになる。

もう一度寝ようとして寝室のベッドにもぐりこむが、眠いようでありつつ一度醒めてしまったので寝つけない。書斎がある一階寝室のガラス窓を開けて網戸一枚にしたら白い南天の花が咲いていた。秋になると南天の実はマッカになるが、花は白いのである。米をこぼしたように咲いている。花弁は六枚で細い茎全体に関接がある。深沢七郎さんは南天の花が好きで埼玉県のラブミー農場に「見に来い」と電話がかかってきた。カメラマンの柳沢信氏と一緒に出かけて、花を接写した。深沢さんは「難を転じるからナンテン」という縁起を話してくれた。白い小花が円錐状に集って咲く。南天の鉢が、そのまま土に埋もれて、鉢が割れたまま根づいて伸びてきた。

南天の奥には、白いドクダミの花が繁っている。地下茎を伸ばして裏庭一面に広がり、薬くさい臭いを放っている。心臓の形をした葉が身をひそめてあたりを窺っている。深沢さんも柳沢さんも天の星となった。

夢のなかで亡父や亡友に逢って霊界パーティーをしている。あちらにはソーシャルディスタンスなんて規則はありません。死ぬ夢はしょっちゅう見るが、フロイト以前の夢判断でも、不吉と見なす解釈はひとつもない。「自分の死に関する夢」は「幸運と長寿」を意味し、肯定的な夢とされた。「新たに生まれ変わった者」として、より高い次元にいたる啓示となる。死ぬ夢はラッキーなんですよ。

よく夢を見る体質で、ほとんどが総天然色画像である。窮地に追いつめられたときは、絶体絶命の危機のなか、「これは夢である」と強く念じると、やっぱり夢で、ぱっと目が醒めて、それも夢のなかである。二重三重の夢のなかにいる。

夢を見るたびに現世という薄皮をぱらりと脱ぎ、つぎのステージに転移していく。

その連続がなにかの拍子にずれたときが「現実の死」となるはずだ。

　小学生のころ、お盆にはおじいちゃんの家に集まって法要をした。夏休みだから天龍川河口沿いの家に泊まっていた。おじいちゃんの兄弟が集って「死んだらどうなる」と話しあっていた。ビール会社に勤める理系の博士は「死は無だ。死ねばそれっきりさ」と断言した。二番目の軍人は「極楽往生する」と悠然と構えて麦茶を飲んでいた。おじいちゃんの妹はヨシ子さんの母で、若くして病死した。クリスチャンの伯母（キミ子姉さん）は「西洋法華《せいようほつけ》」と呼ばれ、スペインへ留学して修道院で学んで、シスターとなった。伯母は「右の肩と左の肩にエンジェルが止まっているのよ」と言った。「いいことをするとエンジェルはノートにマルをつけ、悪いことをするとバッをつける。死ぬときに勘定《かんじよう》してマルが多い人は天国へ行けるが、バッが多い人は地獄へ堕ちるんだから」と教えてくれた。

　従兄のタケちゃんが「マルとバッが同数だったらどうなるの」と訊いた。伯母は「そのときは一日だけ地獄へ行って反省して、あとは天国へ行けるの」と解説してくれた。

　タケちゃんの肩をのぞくと、森永ミルクキャラメルマークの像が止まっているように見えた。おじいちゃんの兄妹たちは、死んだらどうなるかをああだこうだと話しあって、楽しそうにスイカを食べていた。そのうち、スクーターに乗った菩提寺の御住職が法衣をひるがえしてタッタッタブルルブルーンとやってきてお経をあげた。

おじいちゃんに「死ぬってのは本当はどういうことなの？」ときいたら、仏壇が置いてある仏間をさして「あそこの襖をガラリと開けて、なかへ入るような感じだろ」と言った。

おじいちゃんの言葉は確信にみちていて、これが一番わかりやすかった。西洋法華の伯母は日本のカトリック教会で亡くなったが、没する三年前、私の本『世間』（駸々堂出版・一九八四年刊）を読んで、怒り心頭に発し「こんな不良ではエンジェルが採点するバツ印が多くなり、死んでから地獄に堕ちる。一刻も早く改心しなさい」と書いた手紙を送ってきた。世間の考察に関しては阿部謹也著『「世間」とは何か』（講談社現代新書・一九九五年刊）、『「世間」論序説』（朝日選書・一九九九年刊）、『「世間」への旅』（筑摩書房・二〇〇五年刊）といった名著があるが、刊行は私のほうが早い（そんなことを自慢するのも変だが私なりに世間のことを考えてきたのです）。

その伯母の葬儀では、棺をタケちゃんと二人で担いで運び、エンジェルにマルを多めにつけてくれるように頼んだ。

おばあちゃんは、祖父が没してから二十年余生きて、九十九歳で亡くなった。

亡くなる前、母ヨシ子さんと枕許《まくらもと》に駆けつけると、「おじいちゃんと日本中を旅したし、歌舞伎も見たし、好物のスイカやビワや夏みかんも食べた。戦争は大変だったけれど、日本は復興して楽しい生涯でした。思い残すことはひとつもない」と言った。

「だけど……死んだことはなかったので死ぬのはどういう感じかなあ」

と言いながらすーっと亡くなっていった。嵐山著『世間』を企画・構成したのは、私の著作でたびたび名前が出てくる坂崎重盛である。「朝日ジャーナル」「朝日新聞」「小説新潮」で遜色はないが、私の論はエッセイとして書いたもので学術的論文ではなかった。「世間」論考の大家となった阿部謹也先生は一橋大学学長で、著作集全十巻（筑摩書房）を刊行された。

私の『世間』の序文で村松友視氏に「嵐山には社会という言葉は似合わない。嵐山が泳ぐのは世間という七つの海だろう」と指摘された。

二〇二〇年五月十八日、山口瞳さんと親しかったドスト氏こと関頑亭先生が百一歳で亡くなった。頑亭先生はヒゲモジャの彫刻家（仏師）で、夕闇がせまると酒場を巡回し、行くさきざきで女性にもてた。一九一九年に国立（谷保）に生まれ、彫刻家の澤田政廣《さわだせいこう》に師事し、その後密教の伝法を受けた。七十三歳のとき、弘法大師坐像（中野区・宝仙寺）をつくった。七世紀後半に中国から伝わった脱活乾漆《だっかつかんしつ》という技法は、木組みと粘土で塑像原型をつくって、その上に漆と麻布を何層も重ねていく。漆が乾き切ったところで、内部の塑像原型を取り除く。

脱活乾漆は弘法大師こと空海が説く「声字実相義《しょうじじつそうぎ》」にもとづき「耳で見つめ目で聴く」悟りを造形理念として仏像をつくる。こりゃ魔法使いですよ。

頑亭先生はほがらかな性格で人気があった。「世間とは女のカラダみたいなものだよ。この世を支配している気ですな」と言っていた。山口瞳さんと二人で日本を旅していた。

九十八歳のとき、二十年かけた不動明王坐像を完成させた。八十二歳（二〇〇一年）でパリ個展をしたときは「フランス個展訪問とパリ六日間の旅」というツアーがあって、五十人の御婦人がたが参加した。こんなツアーを実施してしまうところが日本の「世間」であった。この団体旅行ではじめてパリへ行った御婦人がたが世間を動かすのである。しかし、タミ子夫人は、「ご勝手にどうぞ」と言って参加しなかった。

ははは、愉快だね。

「ハナニアラシノタトヘモアルゾ『サヨナラ』ダケガ人生ダ」は井伏鱒二《いぶせますじ》訳、于武陵《うぶりょう》の漢詩『勧酒《かんしゅ》』の一編。「コノサカヅキヲ受ケテクレ　ドウゾナミナミツガシテオクレ」からつづく。サヨナラ頑亭先生、と声をかけた。

死んだらどうなるの？

セトウチさんとヨコオさんの往復書簡『老親友のナイショ文』（朝日新聞出版）は痛快ドキドキ波瀾万丈ワクワク友情通信。私はかつておふたりの担当編集者をしていた。「WITH CORONA」のベロ出しマスクの絵を見て、「ああ、なつかしいなあ」と思い出した。半世紀前、月刊「太陽」（一九六九年三月号）に「ズバリ現代」（文・檀一雄、写真・石元泰博）という連載グラビア八ページがあり、「図案童子・横尾忠則」を掲載した。高倉健や三島由紀夫など、時代の寵児の肖像を構成編集した。ヨコオさんは三十二歳で、パリ青年ビエンナーレ版画部門大賞を受賞し、一九七二年にニューヨーク近代美術館で個展をする破竹の勢いだった。

「火宅」から帰還した檀一雄氏は五十七歳、お嬢のふみ（檀ふみ）様は十四歳でした。若いころ画家志望だった檀さんと成城の横尾アトリエに行ったとき「空漠の今を生きる」と評した。「孤絶した哲学青年の格闘を垣間見る心地」と檀さんは書いた。快男児のダンは、「高倉健の映画ポスターには土俗と肉感と、意図が密集していて、かけがえのない傑作」であると絶賛して、「きみが旭日を棄てて、何をその画面に架けかえるか、静かに待っていたい」としめくくった。

当時のヨコオさんの作品は旭日のパターンに桜、富士、エロティックな主題を押し出していた。さて、写真をどうするか。シカゴ・ニューバウハウスで写真を学んだ石元さんは、構成力の強いモノクロームを得意として、ライカ三台を首からぶらさげたアバンギャルドだった。石元さんは時代を挑発する横尾さんをどう撮影するか、苦心した。

で、ヨコオさんの美術展の売り場で手に入れた「ベロ出し」のイラストレーション・クロスを石元さんに渡して「マスク作りましょう」と提案した。石元夫人が手縫いしたマスクをつけた横尾忠則氏肖像を撮影したのが一九六九年だった。それが五十一年の月日を経て、「WITH CORONA」キャンペーンへ展開しました。パチパチパチ。ダン怪人もすでに石元夫妻も故人となった。

三島由紀夫の回は、ボディ・ビルの肉体美と胸毛を中心に撮影編集したが、翌七〇年十一月二十五日に自衛隊市ケ谷駐屯地に乱入して割腹自決した。

いろんなことがありました。嵐山はヨコオさんの状況劇場（唐十郎・腰巻お仙）のポスターを自室の壁に張り、その横にアンディ・ウォーホルのシルクスクリーンポスター（マリリン・モンロー。東京画廊で買った）を画鋲でとめていたが、三年で、朽ち剝《は》がれてしまった。赤瀬川原平の千円札ポスターも崩れ落ちた。残っているのは中西夏之から買ったアクリル製螺子《ねじ》入り玉子（コンパクト・オブジェ）だけである。

ヨコオさんとは尾崎士郎特集『人生劇場』（写真は篠山紀信）を一冊まるごと作ったが、初対面の横尾さんが「きみは私のことを詳しく知っているね」と言った。デビューしてから熱愛的横尾ウォッチャーでありました。

ヨコオさんは平成二十年に『ぶるうらんど』で第36回泉鏡花文学賞を受賞した。その前々回（第34回）泉鏡花文学賞は嵐山『悪党芭蕉』だった。

泉鏡花文学賞は、第1回から15回までは瀬戸内寂聴さんが選考委員をしていた。ほかに井上靖、森山啓、吉行淳之介、三浦哲郎、奥野健男、尾崎秀樹、五木寛之という凄いメンバーで、いま残っている選考委員は泉鏡花文学賞創設に尽した五木さんだけ。瀬戸内さんは、小説『風景』で第39回泉鏡花文学賞を受賞した。

ヨコオさんの『ぶるうらんど』は雑誌「文學界」（二〇〇七〜〇八年）に書いた四編の小説集。登場する人物はすべて死者である。主人公（私）は売れっ子の流行作家で、妻より七年前にがんで死んだ。『ぶるうらんど』は死後の世界で、時間が止まっていて、家の時計は針が動かない。

小説家が掲載予定のない原稿を書いているとチャイの香りがして、妻が書斎に入ってくる。チャイは妻と二人でインドへ旅行したときに飲んだもので、チャイの香りが背後からしのびよってくる。妻が死んで夫に逢《あ》いにきた。〆切りから解放された小説家と妻とのとりとめのない会話。時間のないところで、どうして時間をつぶすのかしら、と妻がからかう。

死後の世界は天女が舞い降りてくる浄土《じょうど》ではなく、天国には違いないが、妙《たえ》なる音曲は聴こえない。ただし生前に住んでいた家と同じく、玄関の外に金木犀《きんもくせい》の花が咲き、庭の池の鯉の数、藤棚からぶら下がっている豆までそのままだ。家の中の家具も当時のままで、ルドンの版画も、暖炉の上の涅槃《ねはん》像の置物まで何もかもそっくりで、そのまま移ってきた。

以前にもまして若々しくなった妻が輝いて見えたが、ハッと気がつくと妻の姿は消えた。テーブルの上には飲み干した空のチャイのカップ、ソファーの上には猫のマックスが小さな呼吸をしながら丸くなって眠りつづけていた。

『ぶるうらんど』を書いたとき、横尾さん（七十一歳）は瀬戸内さんに電話をかけて小説を書いたから「文學界」を見て下さい、と言った。瀬戸内さんは、読んですぐ電

話をかけて、

「面白かったけれど、妻に蒸発された夫はこのままじゃ可哀想じゃない」

と感想を言った。ヨコオさんは嬉しそうに明るい声で答えた。

「あの世では霊性の階級によって、夫妻でも親子でも同じ所に住めないのよ。この夫婦は妻の霊性が高いので夫より上の階級に上ってしまった。……逢いたいと夫が念じたら、妻は逢いに来てくれる。ただし、下の階級の夫が上の妻の所へは行けない」

と説明してから、この小説のつづきはまた書くつもりだ、と晴々と話した。

「文學界」二〇〇八年一月号に「アリスの穴」という第二作、二月号に「CHANEL の女」、三月号に「聖フランチェスコ」が載り、幻想小説集が完結した。


ヨコオ幻想小説集『ぶるうらんど』第二話「アリスの穴」は記憶を喪失した女性が、病院で半覚醒状態から抜けきれず、マンダラ的ビジョンの光の渦を眺めている。左隣のベッドにいる少女が『不思議の国のアリス』を読んでいた。その話を聞いたとたんに、女性患者はアリスがうさぎ穴に落ちるシーンを思い出し、真っ暗なトンネルへ落ちていく感覚に襲われる。

目がさめると彼女はアリスと同化した。アリスの世界から目がさめてもベッドの上に大の字になって思い切り息を深くして、「ああ、生きているわ」と実感する。「私が私であることにやっと出会えたわ」。

ナースが「ご親族の方々があなたに面会をしに来ておられます」と言って、廊下を渡ったところにある別室に連れていかれた。そこには母親がいて、「朝美ちゃん！」と彼女の名を呼んだ。部屋には二十人ぐらいが集っていた。みんな彼女が知っている人たちだった。仲のよかったワタルもいた（ワタルは山川惣治『少年ケニヤ』の主人公）。

「あなたの退院手続きをしておきましたから」と母親が言った。「お母さま、どこへ行くのですか？」「あなたのお家に帰るんですよ」「どこが悪くて入院していたの？」「お腹に腫瘍ができたの」。

そうこうするうち「私、死んだんだわ！」と声をあげた。「やっと気づいてくれたのね。よかったわ。これで一件落着だわ」。

彼女が乗った車のフロントガラスから透けて見える高原は、美しいユートピアでブルーランドという。朝美ちゃんの家は、庭に薔薇がいっぱい咲いている西洋館の造りで、彼女は小走りで家の玄関に向かって走っていく。

第三話の「ＣＨＡＮＥＬの女」の巻頭にこう書かれている。「ここまで二本の短篇小説を書いてきた。これでおしまいにしてもいいのだが、ふと三作目の物語が煙の中でくすぶる炭火の赤く小さい炎のようにチロチロ蠢《うごめ》いているのを感じる。……だったら残り火が消えないまま見切り発車をしてしまうより手はない」。

「CHANELの女」には最初の「ぶるうらんど」で妻が消えた小説家が再登場する。小説家はへっぽこ小説家を名乗る美女と友人になる。その美女が朝美で、朝美が書いた小説が「アリスの穴」であった。

第四話「聖フランチェスコ」にはタイムマシンの列車が出てくる。老小説家上野孝次が登場する（中野孝次〔一九二五〜二〇〇四〕を連想させる。中野孝次は大工の二男として生まれ、「職人の子に教育はいらない」という父の一声で中学進学を断念した。しかし一日十四時間の独学を一年間以上つづけて専検に合格して東大に進学した。ドイツ文学者となり、小説家として大成した）。上野孝次はCHANELの香りがする朝美のネグリジェを透かし見る。朝美の乳房に顔を押しつけ、二人でまっ裸になって重なり、溶けて快楽の絶頂を感じる。上野も朝美もじつは死人である。「アッシジの聖フランチェスコが悟りを得たあと、着ていた衣服を脱ぎ捨てて、素っ裸になって草原を駆けて行った」という故事がこの話の背景にある。幻想小説四編は死者がからみあう長編となった。

シュールな小説を書いたヨコオさんは、死後の世界と現実の生活を行き来して、霊界を浮遊しているようだった。ここに登場する朝美さんは、出家前の瀬戸内晴美（寂聴）さんを連想させる。

ヨコオさんは昭和四十（一九六五）年吉田画廊で初の個展をした。この会場に詩人の高橋睦郎が三島由紀夫を連れてきた。このとき以来、三島は生涯にわたって横尾の仕事を支持するようになった。昭和四十四（一九六九）年のパリ青年ビエンナーレでは、伊藤晴雨風の責め絵をモチーフにした三枚組の版画で大賞を受けた。ヨコオさんが死後の世界に強く興味を持つようになったのは、一九七〇年十一月二十五日に三島由紀夫が自決してからで、『ぶるうらんど』につづく『ポルト・リガトの館』には、三島由紀夫の幽霊が出てくる。

ポルト・リガトはサルバドール・ダリが住んでいたスペインの町で、ダリの館（ダリ・カリタナ）がある。ヨコオさんはスペイン政府観光局の招待で行ったが、ダリは傲慢で三時間も待たされ、口をきいたのはほんの三言ぐらいだという。こちらは『ぶるうらんど』より複雑怪奇な死人活劇である。

ピカソとダリの対話が出てくる、ガラ（ダリの妻）が出てくる。主人公（唯典《ただのり》）がバスに乗ると三島由紀夫が「おい、ターちゃんよ、久し振りだなあ、来るのが遅かったじゃないか……。ワッハッハッハッハ」と話しかけた。「君が見たダリの家はボロボロのお化け屋敷だったろう。亡霊の巣窟、まるで上田秋成の『浅茅が宿《あさじがやど》』だよ」。

三島の後ろにいた不眠症のシバレン（柴田錬三郎）が「またオレと一緒に仕事やるかい、エッヘッヘッヘッ」。「ブラボー」と声をかけてきたのは寺山修司。パイプを片手に持った澁澤龍彥が「出発進行！」と叫ぶ。深沢七郎がギターで御詠歌を演奏する。みんな故人だ。

いつだったか瀬戸内寂聴作『源氏物語』が建て替え前の歌舞伎座で上演されたとき、寂聴さんが招待してくださった。海老蔵が光源氏を演じて、まぶしい舞台だった。そのとき、ヨコオ夫妻と瀬戸内さんの令嬢夫妻が一緒だった。休憩時間に歌舞伎座の吉兆で弁当を食べながら、ヨコオさんは「きのう三島さんから電話があって、みなさまによろしく、とのことでした」と、嬉しそうに話をした。グラマラスな軀《からだ》にイッセイミヤケの服を着こなした美貌のヨコオ夫人は小説に出てくる妻とそっくりだった。

ヨコオさんの考えでは、「あるのは人間の生前と死後で、死は存在しない」となる。死は、生前と死後を区切る○・○○○○○○一秒ほどの無限分の一秒といった瞬間で、感知できない。死は当人が「死んだことを認識できない状態」である。なるほど。

ヨコオ版幻想霊界小説はその後二作あって、「パンタナールへの道」はアマゾン大湿原の冒険奇譚。二人の添乗員を乗せたツアーグループ十二人がおんぼろ道路を走って行くと、九メートルの大蛇アナコンダに出くわす。「スリナガルの蛇」はカシミール高原湖のハウスボートで行われる性の秘儀。ヨコオさんの旅の記憶がタントラ・ヨーガ幻想のなかで語られる。

これらの七作は中公文庫版『ぶるうらんど』（解説・瀬戸内寂聴、二〇一三年刊）に収められている。

寂庵の法話の会では、セトウチさんが「死んだ人はみんな一緒にランランラーンと大型客船に乗って、瀬戸内海を進んで冥土の港へ着く。波止場でウェルカム・パーティーが開かれ、親しい故人と再会するのですよ」と法話をする。これも楽しそうで、見てきたように話す。

「本当なんですか」

と聴くと、

「私は死んだわけじゃないからじつのところはわかんないのよ」

とのことでした。

死の商品化

ブロック塀にでっかい郵便受けをとりつけてある。週刊誌や月刊誌、単行本が大量に送られてきて、新聞や手紙のほかにチラシの紙が押しこまれている。満員電車のようで、内側の扉をあけると、土砂崩れみたいにどさりと落ちてくる。

老母ヨシ子さんの勝手口の塀にも、賢弟のマコチンが手作りで、まるでフクロウの巣のような郵便受けをとりつけ、〒マークを描き、赤く塗った。ヨシ子さんは朝日新聞一紙しかとってないが、取り口を開くとナダレのようにチラシが落ちてくる。父のノブちゃんは二十年前に没したが、いまだに美術展案内のハガキや都知事選候補のハガキがくる。墓の販売、葬儀案内、梅干しの通販、デパートの商品宣伝ほか「ちらしまき要員募集」なんて紙も入っている。燃えるゴミの袋がすぐいっぱいになるので「チラシお断り」と書いた紙を郵便受け入口に貼りつけた。

ヨシ子さんが「生協も葬式をはじめたのね」といってカラー四ページのチラシを読

んでいた。「パルシステムの「家族葬」」といって、五人家族がニコニコ笑って座っている。なにぶん「質の高いサービス」なので、みなさん嬉しそうだ。

生花祭壇セット、ドライアイス二日分、搬送車、枕飾り、お棺、遺影、線香、白木位牌、斎場使用料、火葬代金など、いろいろいれましてガチャーン。会葬者十名で七十八万九千円、と、お安くなっております。

これには僧侶への謝礼や戒名代は含まれていない。これから夏場はドライアイスの費用が増えるという。コロナウイルスの影響で葬儀や埋葬は待たされる。

ヨシ子さんは、すでにドリーミーという葬式会社の掛け金を支払い済みであるが、数十年来の生協会員で、月に二回、食料品や日用品を配達して貰っている。申し込み用紙に書きこむのが頭の体操になっている。

七月の前半はですね、たまねぎのしば風味漬け、フライチーズ、マーガリン、金山寺みそ、ドレッシング、中濃ソース、マヨネーズ、カステラ、トイレットペーパー、ポリ袋、レタス、キャベツ、マフィンなど計五千三百十九円。銀行口座から自動引き落としされる。

やたらと注文するのは戦後飢餓体験をした主婦の後遺症と思われる。ヨシ子さんは百四歳ですよ。いつも冷蔵庫に入りきらないので、わが家の冷蔵庫に移しかえる。ところが、わがほうも運動不足解消のため三キロ離れた隣町のスーパーへ行って買い物をするので、入りきらない。

生協愛好家のヨシ子さんはパルシステムの葬儀が気になるらしく、熱心に読んでいる。ヨシ子さんに残された唯一の式典は、葬儀だけですからね。

「人間の死」は儲かる商売になる。立派な葬儀は望んでいなくて、息子家族だけの質素な家族葬をすることになっているが、それなりに気になるようだ。生協がついに死協もかねる時代になったのです。死も生活の範疇という経営方針。

父の本家の菩提寺は浅草にあるが、末っ子のため高尾霊園の墓地を買い、そこに第一号として入った。浅草の寺は宗派争いがあったので、葬儀は霊園にある曹洞宗高乗寺に頼んだ。無宗教の葬儀はいくつか参会して、それなりによかったが、やはり読経と戒名があったほうがすっきりとする。寺院経営に協力するという気がある。

ひと昔前の医者は薬を処方した。ヨシ子さんの兄は開業医だったので、風邪薬、胃腸薬、抗生物質にいたるまで、ありとあらゆる薬を送ってくれた。わが家は、食うものがなくても、薬だけはガリガリとかじって暮らしてきた。それがいつのまにか医薬分業となった。それを宗教にあてはめれば宗葬分業となる。

文壇があった時代は、大手出版社に作家の葬儀をしきるプロがいた。著名作家が没すると、そういったプロは葬儀屋に葬儀費用見積もりを提出させて、値切った。それが遺族のために一番大切なことであった。

孔子は「未《いま》だ生を知らず。焉《いずく》んぞ死を知らん」(『論語』)と言っている。いずれくる死のことであれこれ思い悩むよりも、まず目の前のことを考えなさい。さすが孔子さんですが、それを実践したのが「生まれて、すみません」と書いた太宰治で、玉川上水に入水自殺した。詫びながら生きていく芸が「二十世紀文学の旗手」たる所以といっていいでしょう。

芥川龍之介の短篇小説に『温泉だより』がある。修善寺の大工に半之丞《はんのじょう》という男がいて、お松という田舎芸者に、五百円をつぎこんだ。担保は遺体で、死体解剖用に自分の肉体を提供する、という契約。

半之丞は温泉街を流れる川沿いの露天共同風呂「独鈷《とっこ》の湯」に一晩中つかって心臓麻痺をおこし、解剖用の軀《からだ》に傷をつけなかった、という律儀な「美談」だが、温泉街にとっては迷惑な話だから話題にしない。

生命保険は、死の商品化で、一家の主人《あるじ》は死してナンボになる。夫を高額の生命保険に入れた妻は、頭のかたすみで「早く死んでくれないかな」と思う。死を期待されている。掛け金は「愛の担保」である。そのため生命保険金めあてで、独身の年寄りと結婚して殺してしまう悪女の事件がおこる。掛け金は死んだ当人には還付されません。生命保険会社は、死の代理店となる。

江戸時代、武士がいさぎよく切腹したのは、「父親が切腹した家の者は手厚く守られる」という世間不文律の習慣があったからだ。貧乏武士の家の妻子は「父上が切腹してくれればいいのに」と願ったという。

これも死の商品化である。「父の生命保険」がそれにかわった。

死して霊界へ行くと、それぞれの宗派による誕生保険があるのだろうか。輪廻転生して人間に戻ったとき、いかなる家に生まれるか。転生するなら、お金持で頭脳明晰で健康な家の子がいいもんね。

死者をしのんで悲しむのは人間だけだ。

「死の快楽化」が宗教の奥義である。ウルトラ閻魔に「死んではいけない刑」を下されたらさあ大変。これは死刑ではなく生刑。死刑よりもずっとつらい。死にそうになりかけて、細い糸にぶらさがってユーラユラと生きることが高齢者の快楽なんですよ、きっと。

94歳のインディ・ジョーンズ

加藤九祚《きゅうぞう》ことキューーさんの『シベリア記』(論創社)は満州で敗戦をむかえ、ソ連軍の捕虜となり四年八カ月にわたって強制労働させられた痛恨の記録である。

私が勤めていた出版社の先輩編集者で、人柄がやさしいのでキューーさんと呼ばれていた。学者タイプの篤実な性格で、鳥打ち帽をかぶったロシア語の達人だった。私より20歳上だが、威張らず腰が低く、天真爛漫《てんしんらんまん》で、少年の目を持った人だった。一九六三年、『シベリアの歴史』を刊行したとき、コーカサスへの船旅で梅棹忠夫氏と一緒になった。その縁で、52歳のとき国立民族学博物館(民博)教授となった。『シベリアの歴史』を読んだ井上靖からシルクロードの旅の案内役を依頼された。井上氏は会社の社長下中邦彦氏に直談判して、「在職中のキューーさんを貸して下さい」と頼んだ。以後三度にわたり西トルキスタンとシベリアの旅に同行した。

一九八〇年刊『シベリア記』の序文に司馬遼太郎が「九祚さんの学問と人間」とい

う序文を寄せ「世界中のどの文化に属する人がみても、九祚さんの人柄というのはわかってしまう」と書いている。

民博に在職中、キューさんは梅棹忠夫（館長）、司馬遼太郎、小松左京はじめ多くの知己を得、モスクワ大学やレニングラード大学に派遣され、三十回以上旧ソ連各地を訪れた。そのころに出版した民俗学者ネフスキーの研究で「大佛次郎賞」を受賞した。そのときキューさんはソ連に滞在していたため、お祝いの会が延期されて、大阪・堂島の朝日新聞の会館でおこなわれ、大変な盛会だった。

司馬さんが出かけていくと石毛直道や松原正毅といった著名な研究仲間のほかに「町のおじさんといった感じの人たち」が半数ほどいてキューさんを取りかこんでいた。町のおじさんがスピーチをして、シベリアの抑留仲間とわかった。仲間は「加藤さんは私どもの隊長さんでした」と語った。

シベリア抑留の実態は戦時奴隷そのものだった。収容所から脱出した日本兵が飢えて同胞の肉を食べる、というういたましい事件があった。キューさんの抑留仲間は、「隊長さんが、われわれに、ね、帰りましょう、一人残らず元気でくにへ帰りましょう」と口真似をしてスピーチした。それをきいて司馬さんはキューさんの人柄に新鮮な驚きをおぼえた。（この人には擬態がなく、そのころからそういう人だった）と直感した司馬さんは、年一回の飲み会にキューさんを呼んだ。

キューさんは抑留中に現地でロシア語を勉強し、通訳となった。日本でいえば田舎のダンベイ言葉のロシア語だった。この人柄でダンベイ言葉で話されると、たまらない魅力で、司馬さんは「なにやら口惜しいような思いがした」という。

キューさんがシベリアに抑留されたとき23歳であった。鉄道建設工事は命がけで、毒草を食べた上等兵が倒れた。工兵少尉のキューさんはダイナマイトと雷管を用意して湖沼に投げこんで食用の魚を獲った。極寒の川を渡るとき、ボートが転覆して、下流の岸に泳ぎ着いたが、寒さのために意識を失った。コップ一杯のウォッカを飲まされて一命をとりとめた。

シベリア抑留を「ロシアへ留学する運命」と受けとめた。最凶の状況をチャンスに転換する意志。「穏健なる人の底力」がある。

ソ連軍の命令によって作業隊大隊長となり、イルクーツク州とアムール州の収容所を転々とし、一九五〇年に引揚船明優丸で舞鶴へ戻った。

キューさんは、自分のシベリア体験と大黒屋光太夫の記録を井上靖に話した。大黒屋は江戸時代に難波してシベリアへ漂流した。それがきっかけで井上靖の小説『おろしや国酔《こくすい》夢《む》譚《たん》』が誕生した。この小説は日本とロシア合作の映画（緒形拳主演）となって評判を得た。

キューさんはシベリアから中央アジア、コーカサスへむかい、古代ウズベキスタンの発掘調査にのめりこみ、日本とウズベキスタンを行ったりきたりした。私は二〇一三年十二月の「週刊朝日」に、キューさんのことを「91歳のインディ・ジョーンズ」と書いた。

それより前になるが、「68歳のキューさん、シベリアを走る」という記事を「本の雑誌」に書いた。キューさんは折りたたみ自転車をかついでシベリアを旅していた。

それを読んだキューさんからハガキが届き、吉祥寺駅ガード前の居酒屋で焼酎を飲んだ。キューさんは酒が強く、酔うほどに大らかになった。

キューさんの研究所にロシア人が遊びにくる。ソ連のスパイと疑ってやってきた公安警察が、一年後にはすっかり親しくなり、一升瓶を持って遊びにくる仲となった、と同僚の研究者からきいた。静かに心やさしく人に接する。声を荒げない。いらつかない。いつも静かに笑って、絶望しない。自分より仲間を大切にする。連帯と友情がキューさんの核にある。深く考えてやさしく語る。ダンベイ言葉のロシア語だったことは司馬さんの序文で知ったが、これぞキューさんの奥の手で「94歳のインディ・ジョーンズ」。

キューさんは二〇一六年九月十二日未明、調査のため訪れていたウズベキスタンで発掘中に倒れ、テルメズの病院で死去した。94歳。同年八月、平凡社刊の雑誌「こころ」に「奇跡の文化人類学者・加藤九祚さんの九十四年」というインタビューが掲載された。インタビューしたのは同誌編集人の山本明子であった。半藤一利の『昭和史』を担当したヤマモトが手書きした別刷りの「こころ便り」を読んだ。その日、キューさんはおでこに大きな絆創膏をはってあらわれた。前日、自転車で転んで三針縫った。インタビューが終わると、ヤマモトの両手をしっかり握って、社を出て数メートル歩いて手を振り、お辞儀をして、信号を渡ってまた手を振り、姿が見えなくなった。そこまで読んで、涙ボタボタ。「こころ便り」に涙がしみた。その後、山本明子は平凡社を退職し、雑誌「こころ」も休刊となった。

キューさんの遺体をひきとるため、ウズベキスタンに行った定子夫人は、「夫は棺のなかでニッコリと笑っていたんですよ」と私に言った。キューさんが没して五年たち、『シベリア記』完本が刊行されました。定子夫人は御健在です。発刊おめでとう！

フーテンのトクさん

人は年をとると、わざとぼけたふりをして家族を心配させて面白がったりする。これは老人の高等技術で周囲の人は手玉にとられる。

老人はガタがきている。考えも古い。小まわりがきかない。そのくせ自分の過去を自慢したい。かくしてキャリアがある人ほど、自分を持てあます。

人間は年をとっても成長しない。むしろ、どんどん悪くなる。お金持ちの爺さんほど因業になる。政治家と結びついて公金を横領する政商たちは、ことごとく老人である。老人の特権は、

①触覚で価値判断する（コトバより経験）
②競争しない（疲れるから）
③風とともに去る覚悟（あきらめが早い）
④風狂でいく（古人に学ぶ）

⑤電話に出ない（気分が第一）
⑥聞こえぬふりをする（注意されたくない）
⑦足で物を片付ける（腰が曲らないので）
⑧浴衣で宴会（そのまま眠るため）
⑨もちろん天動説（見た目しか信用しない）
⑩いっさいの謙遜をしない（これが本性）

の十要素である。老人が強いのは「死ぬことをおそれない」からである。

という次第で、昼間から谷崎潤一郎『痴人の愛』を読みふけると、うしろめたくてぐらぐらする。仕事をうっちゃって、約束はすっぽかし、不義理して読みふけるのが谷崎の邪悪不倫小説。

『痴人の愛』は関東大震災で東京が壊滅状態となった翌年（大正十三年）から大阪朝日新聞に連載されて、妖女ナオミが背徳的だとして検閲当局から干渉弾圧された。

休日をふいにして読んでいるうち、夢ともうつつとも思えない女と男の魔界に入りこみ、夜ふかしして朝まで読みつづけて、ぐったりする。ぐったりしてがんばらない。がんばらないが年寄りのぐれかたにうっとりする。

『刺青《しせい》』は学生のころに読んで、目蓋をひっぱられる恍惚に包まれたが、いま読むともっと新鮮だ。

『刺青』は谷崎が数え年で二十六歳のときの作品。清吉という若い刺青師《ほりものし》の宿願は美女の肌に魂を彫りこむことであった。理想の美女はなかなか見つからないが、深川の料理屋の前でついに見つけた。その女が偶然家へやってきてお酌をした。清吉はその女に暴君紂王《ちゅうおう》の寵妃《ちょうひ》を描いた絵や、男たちを犠牲の屍《かばね》にして喜んでいる女の絵を見せる。女はそれを見て怖がったが、女に麻酔剤をかがせて、背中に女郎蜘蛛《じょろうぐも》を彫った。女は、刺青を鏡に写して恍惚となり「お前さんは真先に私の肥料《こやし》になったんだねえ」と言い放つ。この小説が永井荷風の目にとまって高い評価を得た。

私が女の刺青をはじめて見たのは、日本海沿いの温泉街ストリップ劇場裏にある物干し場だった。

小屋の楽屋ぐちで、洗濯物を干している四十歳がらみの女の背に牡丹唐草の刺青が彫ってあった。脂ののった白い肌の刺青は、いささか生気が衰えていたものの、それがかえって妖婉であった。

そのころ知りあった映画監督は金太郎の彫物をしょっていて、「おめえも入れろよ」とすすめられた。浅草の銭湯へ行くと、彫物入りの鳶職《とびしょく》や香具師《やし》がごろごろいた。監督が再婚した女は、太股の内側にベンガラの花と蛇が這って、「舐めると舌がざらついて吸いつくのだよ」とのろけられた。一緒に銭湯に行った連れの女が「老女の彫物は火傷みたいで汚いわ」という。黒くすんでいた唐草模様が「湯につかると艶のある光沢を放った」ともいった。おー、それいいね、きみも彫物入れなさい。といったら「ほっといてちょうだい」と言い返えされて、それっきり別れてしまった。うかつに監督の骨法を真似すると、女から嫌われることになる。ま、しかたがないが、怖いものと共生するとマイナスの要素が快楽に転化するのだった。

谷崎が七十歳で書いた小説『鍵』は五十六歳になる大学教授の夫が、四十五歳の妻との性生活を十分に享楽したいという願いを日記に書き、日記を入れた机の鍵をわざと置く。夫の日記はカタカナ書き、妻はひらがな書きで、互いに相手に読まれることを想定した性愛夢日記。世評は「ワイセツか芸術か」で沸きかえり、そのぶん小説は売れた。発禁をくりかえしてきた谷崎の作戦勝ち。

『鍵』が評判になったあと（七十二歳）、虎の門の料亭福田家で発作をおこし、右手が使えなくなり、以後、口述筆記に頼らざるを得なくなる。『夢の浮橋』はそんななかでなった最初の作品だった。谷崎をふるいたたせたのは「老いの意識」で、衰弱が反転して原動力になっていく。こんな芸当、気力体力が充実している若いときにできるものではない。

七十四歳の谷崎は狭心症の発作をおこし、東大上田内科に二カ月入院。『瘋癲《ふうてん》老人日記』は、病みあがりに口述筆記された。フーテンとは定まった仕事を持たず、ぶらぶらしている人である。フーテンの世間。

フーテン老人卯木督助の日記という形式で「フーテンの寅さん」ならぬ「フーテンの督《とく》さん」の登場となった。右手が使えない谷崎がめざしたのは、スキャンダラスな性そのもので、それ以前の老作家が踏みこめなかった領域である。フーテン老人が共有するみだらな絆がある。道徳律と合流せず、自分本位の強欲の世間を生きる。「YES」「NO」では判断できない人間の迷路。

言葉が妄想を刺激する。本物の女よりも文字化された女が想像力をかきたて、実際の性行為より架空の性行為のほうに欲情し、言葉が武器となる。口述筆記であろうと、言葉という毒物を発射しつゞける限り、下降する凶器となっていくのですよ。『瘋癲老人日記』のヒロイン颯子のモデルは、谷崎松子夫人の連れ子清治の妻、渡辺千萬子である。『谷崎潤一郎＝渡辺千萬子往復書簡』（中央公論新社）に谷崎（七十六歳）の千萬子宛手紙が出てくる。「あのアナタの足型の紙は私が戴いておきたいので御返送下さい。新しく書いて下すっても結構です」とあり、翌年（七十七歳）の手紙には「あなたの仏足石をいたゞくことが出来ましたことは生涯忘れられない歓喜であります」

と書いている。

千萬子の手紙は刺激的で老人の妄想をかきたてる。金の無心をして、『瘋癲老人日記』の映画シナリオにケチをつけ、颯子役の若尾文子を「お色気たっぷりの女臭いしなをつくった女」ときめつけた。谷崎をここまで手玉にとった千萬子はかなりの才女だが、なに、手玉にとられたのは千萬子のほうで、谷崎は千萬子に架空の颯子を妄想している。

若いころの谷崎は傲慢不遜《ごうまんふそん》で、大学の後輩の芥川龍之介と論争してなぶりつづけた。芥川が自殺してもなお「芥川は作家の器量ではない」と言い放った。

谷崎は昭和四十（一九六五）年、七十九歳で没した。没後五十五年、命日の七月三十日、東京・染井霊園の隣にある墓へお参りをした。

慈眼寺の谷崎の墓は芥川龍之介の墓と背中あわせにある。芥川と文学論争した谷崎は「芥川君が亡《な》くなった七月二十四日は私の誕生日である」という因縁を述べ「一向頼みがいのない先輩であったことを恥じる」と哀悼した。文士の世間は敵対する暗黙の諒解がある。

煮えていく町

ドカーンという地響きがして目をさました。ダダダダーッと機関銃掃射みたいな音がして、遮光カーテンを開けると強い日ざしにグラッときた。

隣にワンルーム八室の二階建てアパートが建てられたのは二十五年前で、素性の知れぬ連中が入れかわり出入りしていた。そのアパートが突然取り壊されたのは半年前だった。深夜に救急車がきて、半死半生の中年男を連れていった事件もあった。

ブルドーザーがアパートの屋根や壁をめりめりと剝ぎとる音で、地面が揺れた。そのあと地に二軒の住宅が建てられた。わが家にくるノラ猫ニャアが工事の音におびえた。私もおびえたが我慢するうち、八月におしゃれな二軒の住宅が完成した。解体工事にはペルー人が加わっていて、道路に絨毯を敷いて、アラーの神に礼拝していた。

ペルー人と立ち話をすると、純朴な青年だった。

金槌を叩くトンカンという音もせず、静かに手早く建てる手並みにびっくりした。

住宅のうち一軒がすぐに売れた。東京ガスの管に連結する工事で、玄関の出入口の道路は右側も左側も封鎖されて、産業廃棄物収集マークのついた車輛や掘削機が数台止まっていた。工事をしたのは千葉県の業者だった。

わが家のなかば廃園と化した中庭で蟬が鳴いているが、例年のように耳をつんざく威勢がなく、チリチリチリと弱々しい響きだ。

鉢植えの朝顔が萎れていたので水をやりに出ると、わずかな羽音がして、右腕に蚊が止まった。ブーンでもプーンでもなくフーンと飛んできた。熱暑のため蚊が驚くほど少なかった。右腕に止まった蚊に同情して、よしよし、血を吸わせてやろうとしたが、吸う口吻（針）が皮膚に刺さらない。痛痒も感じないうち、蚊は腕からずり落ちた。

コロナウイルスは暑さに弱いというから、蚊のように滅んでくれればいい、と思案しながら家を出て、ＪＲ国立駅へ向かった。

夕方から木村晋介弁護士ことシーナ誠組シンちゃんと神楽坂の蒲焼屋で会うことになっている。古典落語に精進していたシンちゃんは、三年前から俳句をはじめて句誌を発行している。その対談がある。シンちゃんは人権派弁護士だが、俳句にはまってさあ大変。テーマは「俳句の世間」について。

駅まで歩くと、景色がぐつぐつと煮えている。街路樹の葉が枯れ、熱したフライパンの上を歩くようで、卒倒しそうになった。全身から水分が蒸発して、汗がすぐ乾く。駅の自動販売機でペットボトルの水を買って飲むと、最初のひと口は舌が吸いこんでしまって、喉まで届かない。二口めに喉をうるおし、三口めでやっと胃に入った。やれやれ。

東京行きの一番先頭車輛に乗った。午後三時だから空いていて、席に座ると、目眩《めまい》に襲われた。おいしい冷房。背骨がクーラーの風を吸いこんで極楽、快楽、安楽の三楽。冷房麻薬で中毒になりそう。

三鷹駅で中央特快に乗りかえるためホームに降りると、コンクリートの床が熱暑でぐんにゃりとゆらいでいる。駅も煮えているのでした。

線路が白く光り、町に人影がない。不動産屋に立てかけられた旗の影が道路で暴れてアスファルトをはがしそう。特快に乗って、九分で中野駅に着き、東京メトロ東西線始発に乗りかえた。

ピオーンとベルが鳴って「このさき揺れますので御注意下さい」のアナウンスがあり、地下へ入る。注意しろったってどう御注意したらいいのかわからず、これが世間の非人情というものだ。つぎは落合。地下鉄はいきなり夜汽車気分で、地下の青い蛍光灯が車窓を走る。高田馬場、早稲田をすぎて四駅め十二分で神楽坂に着く。先頭車輌のすぐ前に長いエスカレーターがあり、無人改札を出て、さらにエレベーターで上がると、赤城神社の赤い鳥居の前に出る。

神楽坂通りを右へ登れば新潮社がある。左へ曲がったところで熱射シャワーを浴びた。猛暑の往復ビンタでバシーンとひっぱたかれてグーラグラ。太陽の炎が赤くゆらめき、電柱は火柱のごとし。全身が干物になる。

濃い日陰の下、中学生が自転車をこいで坂を登ってきた。蒸し焼きの街灯。左側に音楽之友社があり、文悠書店で新書を買ってひと休み。ファミリーマートでアイスコーヒー二つを買いまして、あー、世間が煮えていく。残暑、ザンショと神楽坂上交差点を渡った。

交差点を右へ曲がれば牛込神楽坂駅（都営地下鉄大江戸線）があり、その近くに尾崎紅葉旧居跡がある。紅葉に弟子入りした泉鏡花が玄関番をしていた。この旧居跡を残したいが、どうなるかわかりません。とにかく暑くて、足がもつれる。

神楽坂上を過ぎると右手に毘沙門天があり、ここが神楽坂のヘソですね。この界隈は漱石はじめ百閒や坂口安吾ほか文士がゴロゴロ遊んでいた地である。隠れ部屋を借りて二十年になった。神楽坂は道楽文士の砦だから、グレた晩年にはもってこいの町である。

本多横丁の手前を左へ入ると風情のある兵庫横丁で月夜の晩は下駄をはいて帰るが、あー目が廻るな。肩にショルダーバッグをかけて、左手にアイスコーヒーのカップを持ち、ブーラブラ。あと三分で隠れ下宿にたどり着くが、背中から差し込む太陽光線で、自分の影が見える。

影が私を引っぱっていくんですね。白昼のサスペンスだ。断じてオイラは負けないぞ。モノクロームの日と影。太陽にあぶられて、カラダは骨ごとミディアム・レアに焼かれる。神に憑かれた熱暑の細道。坂を下ると左手に料亭幸本。幸本主人は新派のシブイ名優で、鏡花芝居の切符を手配してくれたが、故人となられた。そのむかいの旅館和可菜《わかな》は、いろんな作家がカンヅメになって執筆した。オーナーは女優木暮実千代の妹で、この人も亡くなった。みんな死んじゃった。

後方から小さな影のつぶてが飛んできて、首にちくりと衝撃があった。いてててて、と前かがみになり、転びそうになって、膝をついた。

石畳に茶褐色の影が転がっていた。落ちていたのは油蟬で、羽根をかすかに動かしてジジジジジと鳴き、そのまま動かなくなった。ありゃま、蟬の御臨終か、と首をさすりましたよ。

PART2

世間というワクチン

モクモクモク

空襲の焼け跡に寝ころんで、すかんぽ（スイバ）の茎を齧りながら「雲ってどんな味かな」と話しあった。食料不足でいつも腹がへっていた。

「ワタアメ……」

と、賢弟マコチンがいった。お祭りの夜、テキ屋の息子が機械をグルグル廻してやわらかい綿菓子を売っていた。

「どうやって食べるの」

「スプーンですくって、そのまま生で食べるんだよ。新鮮な雲のとれたてを、そのまま呑みこむんだ」

「ふわふわしていて、ちょっと甘い……」

さあどうかな。いろいろと空想するうち、小学五年生になり、給食にコッペパンが出たとき、感動のあまり「雲をオーブンで焼くと、こんな味になるのだ」と思った。

高校生のとき「雲に臥《ふ》す」とは雲の多い山中に住むことだと知り、仙人にあこがれた。集団で生活する人間の世間に対して、山中で暮らす仙人は、昆虫や鳥や獣と話しあう「独自の世間」があるはずだ。自分以外の他者との折合う世間がある。理科の教師が「春の雲は養殖でまずい。夏の雲は大味で腐りやすい。冬の雲はまだ熟しておらず酸味が強い」と教えてくれた。

一に山の雲、二に川の雲、三に野の雲、四に谷の雲、五に日本海の雲、六は秩父源流雲、七は宇治の雲、八に富士ミネラル雲、九は六甲のおいしい雲、十は北海道羊蹄山の雲。すべて秋である。

雲は野外食である。

ハイキングへ行って、山の頂上でにぎり飯をほおばるのは、白いごはんを雲に見たてている、と思った。丸く固めたにぎり飯は、天空の雲のようで、雲を見つつ食べると仙人になった気がした。空に浮いた雲が少しずつ動いていった。

しかし、にぎり飯は、色と形は雲に似ているが、雲のようにやわらかくない。

好奇心旺盛な人間は、天然の自然現象を食べたいと思うあまり、代用物を見たてて欲望を充足させる。月見に供《そな》えるのは中国では月餅《げっぺい》であり、日本では月見ダンゴだ。月見ダンゴは十五夜にちなんで十五個を供える。

うどんに玉子をおとして、月見うどんというのも風流なもんだね。コンペイトウは甘い星である。アラレは空から降ってきたアラレに見たてたものだし、ハルサメは春の雨に形状が似ているからその名がある。食べ物につけられた物語りの世間がある。煙草は煙を雲に見たて、逆さ読みしてモクといった。モクを一日百本吸っていたのに、十年前にやめてからは、まったく吸いたくなくなったのがフシギだ。タバコには、雲を吸う願望がつながっていた、という気がする。

ハンペンも雲の気配がある。とくにおでんの具のハンペンは、雲幻想とつながっている。歳をとって歯力が弱くなると、おぼろ豆腐のふんわり感がなじむ。

缶ビールのアワも雲だな。缶ビールをコップにつぐと、小麦色の上部に白いアワがのっている。これは麦畑の上の雲だ。北海道の麦畑へ行ったとき、上空の雲を眺めつつ、あれれ、どこかで見た風景だと思ったが、それはガラスのグラスにそそがれたビールだった。

ビールは飲む風景である。コップにそそいだビールは雲を上空からのぞいた景色で、半分飲むと形が消えていく。だから、またつぐ。

ひさしぶりにマコチンに会ってビールを飲んで気分がよくなり、ふらりと散歩に出た。いい天気である。空には雲が浮いている。食欲はさらに増すばかりだ。老舗のうどん屋に入りトロロうどんを注文した。

釜揚げうどんが丼に盛られて出てきた。とろろと濃いだし汁が添えられ、それを自分で入れて箸でかきまわす。混沌の雲となったとろろうどんが、ふんわりと喉を通ってくる。やわらかくセクシーな喉ごし。

ムカシ話しあった雲の味って、これじゃないかね。モクモクした舌ざわりといい、浮遊感が雲に近い。モクモクモク。

あのころはスイトンばかり食べていた。炊団と書いてスイトンと読む。小麦粉で造った団子汁である。まずい。小麦粉を水でこねて軟かめに練り、竹箸ではさみ切ってすまし汁に入れて煮る。そもそもは関東大震災のとき、食料欠乏《けつぼう》の応急策としてはじまった。鍋で湯をわかした中へ入れ、浮きあがったときに、すくいあげる。終戦直後の代用食で、しょっちゅう食べさせられたから、思い出すだけで寒気が走る。戦後の物資不足の時代を忘れぬために「スイトンを食べよ」と言う人（じつは亡父ノブちゃん）もいたが、あまりにまずいから、二度と食べたくない、というのが本音だった。

大通りを横に入り、ラーメン丸信の前へ出た。高校生のころからある店で、かつおだしのスープはそのころと変わっていない。「雲呑」という文字が目に入った。ワンタン。ここにおいてガーンと頭を殴られたように目がさめた。ワンタンこそ雲の料理だ。

ワンタンは中国・元《げん》の詩人蔡仁玉が命名した料理である。それ以前、ワンタンの具は肉経帯という名称であった。具の肉を小麦粉で練った皮で包み、スープで煮込んだ。中国新疆《しんきょう》維吾爾《ウイグル》自治区の遺跡から、ワンタンに似た食品が出土しており、ワンタンの歴史は古い。蔡仁玉は料理店を経営していて、ある日、客にこの料理を出すと、スープに青空が映って見えた。その青空のスープのなかに白い雲が浮かぶ様子は、「青空の雲」であり、客が雲ごと空を呑みこんだ。詩人である蔡仁玉は「雲を呑んだ」と感動し、雲呑（ワンタン）という名称を思いついた。

で、その日の夕食をワンタンにすることにした。ラーメンブームのかげで、ワンタンの滋味は忘れられかけている。

冷蔵庫には、不思議と、インスタント・ラーメンのスープの袋だけが扉の内側の棚に残されている。迷わずそれを使った。

小麦粉を練ってダンゴ状にしてぬれ布巾で包んで冷蔵庫で一時間ねかせる。それを薄く、薄く、すけるくらいまで薄くのばして、茶缶のフタで丸く切り抜き、皮を作る。市販の餃子《ぎょうざ》の皮でもいいが、ワンタンの恍惚は皮にあるのだから、それぐらいは手間をかける。豚ひき肉とネギをきざんでショウガ汁を加えた具を皮に包んでスープで煮たてる。具は少量。

おどろくほど簡単だ。

かくして、雲の料理が出来あがった。

缶ビールで乾杯して、マコチンと一緒にワンタンを食べて、七十年余にわたる胸のつかえをおろした。十年前まではここで煙草を吸うことになったが、モクのことはすっかり忘れてしまった。

元号は世間のはじまり

元号なんてやめてしまえ、という意見もありますが、おおかたの日本人はいいと思っている。昭和生まれの私は明治・大正はおぼろげだが、昭和・平成・令和は、西暦より匂いや肌ざわりが実感としてくっきりする。元号には日本の価値観を示す「世間」がある。日本人に共通する価値観がある。

元号は中国で始まり、朝鮮をへて日本に伝わった。そのため中国の詩歌や経典を手本としてつけてきた。日本の元号は、孝徳天皇の代に、大化（六四五～五〇）とつけて、現在に至っている。

中国では清朝滅亡とともに廃止され、いまは日本だけで使われている。天皇即位や吉事のときに改変し、江戸時代には地震災害があると改変されることが多く（災異改元）、ときの学識者がギロンしてきめた。

ざっと見渡しますと、万治四（一六六一）年三月に浅間山が噴火して寛文と変え、天和四（一六八四）年二月、伊豆大島三原山が噴火して溶岩が海面に流出して貞享と改元。元禄十六（一七〇三）年は相模トラフが震源となる巨大地震で死者一万人、翌年まで余震があり、宝永と改元。

明治になってから「一世一元制」が定められた。

語りつがれるのは安政の地震である。安政二（一八五五）年十月の大地震は、江戸で火災がおき、圧死者一万人。凶作のため財源がなく、改元する余力がなかった。安政三年は江戸・関東への大風雨・津波で本所・深川に浸水し、死者多数。安政五年にアメリカ総領事ハリスによって不平等通商条約に調印させられた。コレラが発生して死者は四万人余。武士だけで二万二五〇〇人死んだが手のうちようがなかった。アメリカ、オランダ、ロシア、イギリス、フランスが上陸し、財政が破綻するなか、尊王攘夷運動を弾圧し、吉田松陰や橋本左内を死刑にした「安政の大獄」。安政と名のつく歴史的事件は凶事ばかりだ。

安政七年三月、幕府井伊大老が暗殺されて（「桜田門外の変」）、万延と改元された。明治以前の元号は万延（一八六〇～一年間）、文久（一八六一～三年間）、元治（一八六四～一年間）、慶応（一八六五～三年間）ときて明治元年。

大江健三郎の長編小説に『万延元年のフットボール』があります。一九六〇年反安保運動に関わった四国旧家根所家兄弟の物語。弟の鷹四は挫折して自殺するが、兄蜜三郎は新生活を求める。一九六〇年代の反政府運動を一〇〇年前の万延元年の一揆《いっき》と二重写しにした構成と発想が小説家の腕の見せどころ。

万延元年から明治維新までの八年間に四回もの改元があった。明治になると日清戦争、日露戦争があり、改元をしているどころではなかった。明治という元号は『易経』からとった。

大正も『易経』で「大亨以正、天之道也」（大イニ亨《トホ》リテ以テ正シキハ、天ノ道ナリ）からとった。大正十二年に関東大震災があり、死者・行方不明十万五〇〇〇人。同十五年に大正天皇崩御で昭和と改元。

昭和は『書経』の「百姓昭明、協和万邦」（百姓昭明ニシテ、万邦ヲ協和スル）。「昭」はあきらか、輝く、という意味だが、協和どころか戦争に突入して、敗戦、占領という悲惨極まる体験をした。不安と混乱のあと、高度成長をした激動の六十四年間だった。

昭和という元号はじつは戦後長く法的根拠がないまま使われてきたのです。新憲法で廃止され、新皇室典範にも関連規定がなかったため、昭和五十四（一九七九）年にあわてて元号法が成立した。

元号選定の公式文書には①国民の理想としてふさわしく②漢字二字③書きやすい④読みやすい⑤これまで元号またはおくり名として用いられず⑥俗用されていないこと、という六条件がついた。日本以外に中国、韓国などの過去の元号に既存するものも使えない。漢文学、東洋史、国文学の専門家に依頼し、昭和天皇逝去当日の早朝、「平成」「修文」「正化」の三案にしぼった。

的場順三《まとばじゅんぞう》（元内閣内政審議室長）は元号の頭文字を順に並べ「ＭＴＳのあとはＨが据わりが良いでしょう」と感想を言った。漢籍を調査研究して用意周到に決定するが、その反面「ＭＴＳのあとはＨがよい」というアバウトな判断も、元号が世間的である所以でしょう。竹下登首相の了解をとり、八名の有識者の会議を経て「平成」と決定。出典は『史記』の「内平外成」（内平ラカニ外成ル）と『書経』の「地平天成」（地平ラカニ天成ル）。考案者は東洋史学者の山本達郎。

「平安時代」という「平」が使われた時代があるが、それは平安京に都がおかれた延暦十三（七九四）年から、鎌倉幕府が設置された約四〇〇年間をいう。その間、平治の乱（一一五九）があった。源平の戦いで清盛が天下をとり、天皇家にとって凶事であったため、以後「平」を頭文字とする元号は忌避された。

ということで、平治以来八三〇年の禁を破って「平」の頭文字が使われた。平成三十年間をふり返ると三年にバブル崩壊、七年に阪神・淡路大震災とオウム事件、八年にペルー大使公邸占拠、九年に神戸連続児童殺傷事件、十三年にアメリカ同時多発テロ、二十三年に東日本大震災、と江戸時代ならば改元したはずの凶事が多発した。

「令和」は菅義偉官房長官（当時）がテレビ中継で新元号を示した。「令」の字は元号として初登場で、中国の古典ではなく万葉集巻五の「梅花の宴」序からとった。

「初春ノ令月《れいげつ》ニシテ、気淑《よ》ク風和《やわ》ラグ」（時ハ初春ノ令月（ヨキ月）、空気ハ澄ンデ心地ヨク、風ハ和《やわ》ライデイル）。

この序文は大伴旅人《おおとものたびと》（家持《やかもち》の父・六六五〜七三一）が書いたと推定され、旅人邸に集った三十二人の唱和が収録されている。旅人は九州反乱軍を征伐して大宰府長官として赴任していた。赴任して日も浅いうちに妻の大伴郎女《いらつめ》が病没した。

令和おじさんとなった菅義偉氏はめでたく首相となったが、「令」の字に「命令」の意を感じるためその威圧に反発する人もいた。大伴氏の天下が短かったので、「元号として不吉」と説く人もいた。「令和」に関しては賛否両論があったのだが、令和二年にして新型コロナウイルスが蔓延して、ＭＴＳＨＲ時代最悪の事態となりました。

ややややや

小学校の同級生に会うと相撲をとりたくなる。校庭に釘で丸く土俵の円を描き、取っ組みあっていた。みんな膝小僧が赤くすりむけ、ベルト通しはぶっちぎれていた。首投げ、さば折り、すくい投げ、外掛け、足とり、仏壇返し。小柄の同級生は意外と腰が重かった。

私は異能力士琴ヶ濱の内掛けを真似して得意技とした。左足を相手の股の内側に入れ、腰をひきつけてぐいと引き倒す。

格闘技だが、股間を蹴ったり髪を引っぱったり、張り倒したりはしない。米軍占領下にあって、礼儀正しい闘い方を覚えた。ほおずき色の夕焼けの下、ラジオから大相撲中継放送が流れ、まだ見ぬ横綱鏡里や照國の像を思い描いた。いま、横綱照ノ富士や照強という伊勢ケ濱部屋の力士がいるが、照の字で頭に浮かぶのは照國である。

小学校六年のとき、はじめて蔵前の旧国技館へ行って花相撲を観戦した。ラジオやメンコ絵や少年雑誌でしか知らないナマモノの力士を見て感激した。初っ切《しょっき》りで腹をかかえて笑った。花相撲とはいえ、鏡里の白い肌がミルミル赤く染まっていく姿に息をのんだ。大相撲は胸のうちで燃える夕暮れの事件簿だった。

そのころの新聞の相撲記事には分解写真なるものがあった。マッチ箱ほどの小さい写真が四、五枚並んでいて、相撲の取り口がわかった。立ち合い、組み手、寄りや押し、投げ、土俵際での攻防、決まり手などがコマ漫画みたいに示された。分解写真を見て、相撲の骨法を学んだ。

多摩川の河原で他校高校生と決闘した。組んでもつれて、土手を転げ落ち、上着とズボンがやぶれたくらいのじゃれあいだったが、相撲で覚えた首投げが役にたった。打身、擦傷はついたが出血はなかった。

坂崎重盛とは日本中のローカル線を旅して、秋晴れの空の下で相撲をとった。還暦をすぎたころ、能登半島の廃校校庭で取っ組みあった。重盛は枯れ枝みたいにやせた老骨ながら、組みあうと腰がしぶとい。上手ひねりで飛ばそうとしたが、重い腰でふんばられた。ムカシ身につけた技は組んでみるとわかる。

いまは、ともに八十歳直前だから相撲をとれば、台風下のビニール傘の骨みたいにバラバラになりそうだ。初場所は、初日に町内会のシューちゃん（佐藤収一）と砂かぶりの溜会席《たまりかい》、十二日目に重盛と南伸坊、夢枕獏ら六人と連れだって行った。二階椅子席で缶ビールやワインを持ち込み、大声で応援した。

見に行くんじゃなくて、応援しに行くんですね。その後はコロナにやられて行けなくなり、相撲禁断症になった。

秋場所初日、シューちゃんと出かけた。一人ますS席で、四人用ます席に一人、チケットには「37・5度以上の方、入場不可」「大声での応援、アルコール持込禁止」「マスク着用」「座布団の移動禁止」ほか、禁止事項が細かく印刷してある。国技館出入口の「入り待ち、出待ち」(出入りする力士の見物)も禁止されていた。

両横綱が休場で、星取表には、ややややややややややややややとやの字が並ぶはめになった。東と西にやややややややややややややや。星取表の天にやの字が30個並ぶのは、やの字の星が降るようで、やの字がコロナウイルスみたいに宙に浮いて、ややややや。

横綱土俵入りがないのは淋しい限りだが、大関、関脇にとっては優勝のチャンスがある。新旧交代の混戦となった。

声援がなく拍手だけがジャラジャラジャラッと低く高くあがる。手に握った碁石をブリキの洗面器のなかへばらまくような音だ。祈禱師が数珠をならす音にも似て、静かな殺気に囲まれて、一番一番が「巌流島の決闘」といった気配。

新聞大相撲欄の見出しに「静かな土俵　迷う炎鵬」とあった。小兵力士の炎鵬は、満員の館内の大声援で勝ってきたが、静かな土俵に苦しんでいる。4連敗して5日目は勝ったが、6日目は負けた。炎鵬こと中村友哉を、金沢の卯辰山相撲場の高校相撲から見てきた。そのころから超人気者で金沢学院東高校のチアガールは「押せ押せユーヤ」の大声援だった。ハツラツとしたイケメン、79㎏だった体重が96㎏になった。逸ノ城198㎏の半分以下。小兵力士翔猿《とびざる》でも128㎏ですからね。翔猿は気っぷのいい力士でこれからが楽しみ。

人気の遠藤は初日、朝乃山に勝って場内拍手がバリバリバリッと響いた。秋場所、目立って強くなったのは貴景勝、若隆景である。

横綱になった照ノ富士はダイエットして173㎏になったんだって。角界の世間は、客の世間といささか違い、これを「世間離れ」という。相撲道を一般社会の延長と見なす人もいるが、格闘技の世間は「勝つ人」と「負ける人」が半分こである。一般世間と似ているようで異次元の世間である。

一人ます席はゆったりと座れるが、だれとも話ができなくて力士の細かいくせに気がつく。

幕内徳勝龍は、仕切りのとき、両腕をカイグリ〱と廻す。

ブラジル出身の魁聖はからだじゅうに塩をふりかける。肩、肘、太股、膝、足のつけ根、192kgの巨漢だから、極度にケガをおそれている。

宝富士はタレントのマツコ・デラックスに似ているが、青森県出身だから太宰治に見たてている。同じく青森県出身の阿武咲《おうのしょう》は寺山修司といったところですね。力士に太宰と寺山がいる、と見たて、ブンガクになる。

北勝富士は制限時間いっぱいになると、両足の甲で土俵を蹴り、ターンという音を響かせる。土俵が鼓のように乾いた音を出すのです。で、土俵舞台の能楽師と呼ぶことにした。

優勝力士よりもぎりぎり勝ちこし力士のほうに興味がある。11日目に6勝5敗あたりの力士が気になるのは、コチラがぎりぎり人生を歩んできたからだ。8勝7敗か7勝8敗。9勝6敗ならオンの字だ。敗けるよりも休場というのがよくないんだな。それが相撲の世間です。

歴史のワクチン

私のような老骨ははやばやと二回のワクチン接種を終えたが、新型コロナ攻撃隊は、第三波左ジャブ、第四波右フック、デルタ株の第五波アッパーカットがゴツーンと来た。そこでノックダウン。怖い。

磯田道史著『感染症の日本史』（文春新書）は「日記」に目をつけたところが斬新でリアルである。令和時代の歴史研究家としてイソダという凄玉が登場した。『原敬日記』が克明につづるパンデミックと政局。志賀直哉が書いたインフルエンザ小説まで登場する。百年前のスペイン風邪は三波までであった。いまは五波。

第一波は大正七（一九一八）年春から夏（私と同居する老母ヨシ子さんは大正六年生まれ）。原はこの年九月二十九日に第十九代内閣総理大臣になったが、第二波の「流行感冒」にかかった。第一波（「春の先触れ」）は大正七年五月から七月まで、第二波（「前流行」）は大正七年十月から翌大正八年五月まで、第三波（「後流行」）は大正八年十二月から翌九（一九二〇）年五月まで。

原は元老山縣有朋《やまがたありとも》（一八三八～一九二二）と密接な関係を保ちながら政権を運営していった。四十歳のころから見事な白髪となり「白頭首相」とも呼ばれ、長身の美丈夫だったが、スペイン風邪にもめげずモーレツに働いた。連日の会議、晩餐会に出席してスペイン風邪にかかり、天皇に会うことができなくなった。その様子が『原敬日記』に出てくる。

明治八年から始まった日記は、激務のなか、死の大正十年十一月四日まで書かれている。そんななか、大正天皇が風邪をひいた、という記述がある。山縣有朋も風邪にかかって重体。時の皇太子（後の昭和天皇）も秩父宮雍仁《やすひと》親王、三笠宮崇仁《たかひと》親王もインフルエンザにかかった。ウイルスは相手を選ばない。大正七（一九一八）年十月二十七日の日展で皇太子に拝謁した土方久元がかかって十一月四日に他界した。『昭和天皇実録』には、インフルエンザを発症した皇太子のもとに十一月三日、先週、日展の会場で会ったばかりの土方が重体という報せがきた。これは怖い。土方は土佐藩出身の勤王党に参加して宮内大臣を務めた。皇太子とは、近しい人であった。

突然の悪寒と急激な発熱。宮中クラスターがおこった。秩父宮は大正九年、スペイン風邪で倒れた。このとき十七歳でしたが、医療スタッフががんばって一命をとりとめた。その後、陸軍士官学校で軍人としての経歴を重ね、昭和二十八（一九五三）年、五十歳で薨去《こうきょ》された。遺言で「自分の遺体を解剖してほしい」と希望された。若くして病を得た自分のケースを医学研究に役立ててほしいという思いがあった。

志賀直哉は雑誌「白樺」にインフルエンザ小説『流行感冒』を書いた。大正八年三月（志賀三十六歳）は、スペイン風邪「前流行」のときでその三年前に長女慧子が出生直後死去し、二年前には次女留女子が生まれた。その年には長男直康が出生直後死去した。

千葉県の我孫子《あびこ》に住んでいた志賀親子をスペイン風邪が襲うなか、家の女中が夜芝居へ行ってしまう。嘘をついて出かけてしまった。そうこうするうち、志賀自身がインフルエンザにかかった。家にきた植木屋にうつされた。

四〇度近い熱が出て、腰や足がだるくなった。〝自粛警察〟化した自分を反省して書いた。志賀は父親との和解が成立して長編『暗夜行路』を書く直前であった。泰然自若の志賀直哉も、スペイン風邪にはなすすべがなかったが、追いつめられた窮状は志賀が生き返るきっかけとなった。さすが「小説の神様」。

横尾忠則作品のY字路（ヨコオのY）シリーズ一五〇点には志賀直哉の「暗夜行路」（N市作品群）が登場する（N市は横尾さんの故郷である兵庫県西脇市）。二叉路は人間が生きていくうえの選択肢である。右か左か、さてどちらの世間へ足を踏みいれるか。

私は、十九歳のとき、渋谷常磐松の坂道で、白髭の背高のっぽの老人とすれ違った。あ、シガナオヤだ……と気がついたときは、陽炎のように影は遠ざかった。そのとき志賀は七十八歳。志賀は昭和四十六年十月二十一日、八十八歳で死去し、青山霊園志賀一族の墓で眠っている。大正時代の文士は時代と向きあい、自己を客観視していた。

内田百閒は『実説艸平記《そうへいき》』でスペイン風邪にかかったことを書いている。百閒は、烏森《からすもり》の眼鏡屋で金縁《きんぶち》眼鏡を買ったときうつされた。眼鏡屋の主人が〈はあはあ〉いって、スペイン風邪かなと思ったら、果たしてその翌日から熱が出て、家中の者がみな感染して大変なことになった。百閒も己《おのれ》の無残を見つめている。

この二作に共通するのはスペイン風邪を怖がりつつ、客観的に観察している気配で、そのせめぎあいに生きていくせつなさがある。ウイルスへの愛憎相半ばする呼吸のようなものが題材となった。

宮沢賢治最愛の妹トシは大正十一年十一月二十七日、みぞれ降る夜、二十四歳の生涯を閉じた。トシは日本女子大在学中の大正七年、スペイン風邪を発病した。賢治は翌年三月まで看病して、花巻の実家に報告していた。その手紙で、腸チフスと「誤診」されていたことが察せられる。

妹トシが死んだとき、賢治は押し入れに首をつっこんで慟哭した。それが「永訣《えいけつ》の朝」という詩になった。「けふのうちに　とほくへいつてしまふわたくしのいもうとよ……」。妹の言葉にからんで、賢治の内部の心の点滅をうたった。

歌人で医師であった斎藤茂吉が、長崎医学専門学校教授になったとき、スペイン風邪に感染した。息子の茂太さんへ送った歌は「はやりかぜ一年《ひととせ》おそれ過ぎ来しが吾《われ》は臥《こや》りて現《うつつ》ともなし」。

茂吉にしてはしみったれた短歌だが、熱は出るし汗はかくし、一カ月以上床に臥した。「後流行」のスペイン風邪であった。

命がけでモーローとしつつ短歌を詠んだ。詩、小説、日記は「ことばによるワクチン」である。横尾忠則氏の一連の「ＷＩＴＨ　ＣＯＲＯＮＡ」アートも「美術のワクチン」で、横尾さんの大作「城崎幻想」（二〇〇六年）は志賀直哉の短篇名作『城の崎にて』へのオマージュで、運河の船に裸体美女が眠っています。磯田氏の『感染症の日本史』は「歴史のワクチン」として読者を覚醒させる。

国語、算数、離婚、世間

還暦をすぎてからは、限りある時間を悔いなくすごそうと考えて、文筆業に身を埋めるうち二十年がたとうとしている。5Bの鉛筆一本が生活の糧《かて》である。不安定な、遊民の日々であって、世間の良識に反する狼藉《ろうぜき》を平気でする。そのため、同業者の半数以上が離婚経験者となった。男も女もいずれの友人も離婚した連中ばかりで、むしろそれが当然という状況にある。

離婚がかくも多いのは、各人が自由に生きてきた結果、そうなったのだが、こういう傾向が世間全般にひろがると、亭主諸君は、妻からいつ離婚を言いわたされるかびくびくする御時世となった。これは日本という世間の総遊民化現象で、「安定したはずの家庭」が一瞬にして暴発する。

妻がいてこそ成立するはずだった老後の安定計画（男がぼんやりと夢見ている幻想）の地盤が崩れた。長年の共同生活で妻の怨念が蓄積され、マグマとなった。畳の下には地雷が埋まっているんですよ。モーレッサラリーマンはいまや絶滅品種となり、企業戦士という言葉も死語となった。

いまの花形は、ＩＴ開発研究、成長戦略本部、地方創生部、再生科学、シンクタンクのスタッフといったところだろうが、新時代の発想を追求する男たちは、家庭では黙して語らず、どうしたらいいかわからない。昭和↓平成↓令和の地殻変動について行けない。ＡＩの支配によるグローバル化は男たちの価値観をゆるがせ、時代の欲望がなんであるか、を模索してうろたえるばかり。日本経済が破綻にむかっていることだけは確実である。

であるのに優秀な男に限って妻とうまくいっていない。家庭に職場のシステムを持ちこむとこじれる。そんなことはわかっている。だから会社と家族を使いわけた結果、二重人格者となる。「よく働くお父さん」「家族を大事にするお父さん」が両立しない時代になった。高学歴専業主婦が優秀で、子の教育が主たる関心となり、家庭という圏内で思考するため（あとは学校と塾）、行動範囲が固定化されて、唯我独尊となる。職場と家庭は相反する価値観の修羅場と化し、男は毎日、異界を行ったり来たりする。

妻は人事異動ができない。そのため一度こじれると、お互いに理解できなくなる。どうにか妻には「会社の論理」は通用せず、会社人間ほど妻に手をやくことになる。どうにかしなくちゃ、ともがくうちに手遅れとなる。知人の元銀行支店長は、六十二歳のときに、妻から離婚を迫られた。その理由として、①収入が半分に減った②セックスが苦痛で、迫られるのがいや③共通の価値観がない④夫の肌が荒れて、ザラザラした感触が不快⑤いままで我慢してきた限界がきた⑥家庭内同居がストレス⑦手切れ金は預金の半分。家屋敷は転売して、こちらも手切金とする。

この七点を具体的に示されると、なにひとつ返す言葉がなかったという。

かくして還暦をすぎた男たちは崩れる。新製品の開発や新企画のかずかずは「欲望の見本市」で、時代という世間がなにを求めているかをさがす。時代の気分を解析する本能的衝動に身をうずめ、ぎりぎりのさかいめでブレーキをかけそこなう。あらゆるギャンブル、性風俗店探訪、デジタルへの投資、酒、非合法組織との闇取引。

本能を挑発しつづけてきた遊民志向は、私のケースは義理人情と無常と無駄遣いと旅と温泉と風雅なる宴会と古本あさりと松尾芭蕉と下駄ばきの神楽坂暮らしであった。いずれも家庭の圏外でケータイ電話と同様、「通じない地域」にいた。

七十代までは、これでどうにか過ごせたが、酔って転倒し、不摂生がたたった結果、遊民生活を維持する体力が減退した。ここが思案のしどころだ。無作法な流儀はあまり世間のモデルにはなれないが、なりゆきでこうなった。

熟年離婚を言い出すのはきまって妻からで、妻の言い分はこうだ。あなたは家庭をふりかえらず好き放題をやってきた。仕事だゴルフだ営業だ出張だといって妻である私が困ったときに相手にしてくれなかった。

子が育つまではどうにか我慢をしたけれど、子が結婚して家を出て、ようやく世間のしがらみから解放された。いまこそ自分ひとりで生きていく時間がとれた。これからは、あんたなんかに束縛されず、自由に生きていきたいから、理解してくれ。

ニュアンスは妻それぞれだが、漠然と「家庭をふりかえらなかった」といわれても、夫はとまどうばかりである。

妻が離婚を切り出す前兆は、結婚後七年めぐらいにあり、「七年目の浮気」は男だけではなく、女も同様である。七年で離婚する確率は五組に一組ぐらいで、慰謝料と財産分け前を持って妻は別のパートナーを探しはじめる。

ここを乗り切ると、その五年後に二回目の危機がおとずれ、離婚理由は「性格の不一致」。これは「性行為がない夫婦」で、夫は大いに反省して性行為を再開しようとするが、しらけた妻は応じず、もう遅い。五組に一組が離婚する。

つぎは三年後で、妻は確信的に離婚を迫り、いつのまに覚えたのかパッチワークコンテストの賞をとって、工房（と称するアパート）を借りて、そちらで寝泊まりをはじめ、別居生活となる。手に職をつけた妻は、年下のパートナーを探す。もとよりアカの他人が結婚したのだから、カップルがいつまでもつづくほうが奇蹟であって、さして驚くにはあたらない。

七年め、五年め、三年めの危機を七五三変動期という。結婚十五年めに、妻子と別れて、関連会社のおねえちゃんと再婚する男が出てくるが、再婚したおねえちゃんとの関係も七五三変動期があるから、同じことのくりかえしになる。

高校教師をしていたD君は、三十冊の受験参考書を出して、大学の客員教授をしている。D君は中年女性（経済力があるマダム）にやたらと人気があり、テレビにも出演する。じつはD君の奥様は数学の教師で職場結婚だ。D君は国語の先生。D君に三人の愛人がいることを奥様は黙認している。「愛人は複数がよく、ひとりにかたよらない。ただし三人が限度」というのがD君の持論で、「三人の愛人」はたびたび入れ替わるらしく、「ひとり、引き受けてくれ」と頼まれ、丁重にお断りしたことがある。

D君は、別居している妻と、年に一度、七夕の夜にセックスをする。これを「七夕夫婦」といっていたが、妻に離婚を迫られて別れた。これを「国語、算数、離婚、世間」という。

「忠臣蔵」とはなにか

小糠雨《こぬかあめ》降る昼さがり、TBS赤坂ACTシアターまで志の輔らくご「中村仲蔵」（「大忠臣蔵」）を聴きにいった。午後二時三十分からの昼席で、一席ずつ空けての満席であった。

第一部は抱腹絶倒「大忠臣蔵——仮名手本忠臣蔵のすべて」という講釈で、舞台背景に広重の浮世絵や人間関係図が映し出され、立ったり座ったりしながら、手にしたポインターから出る赤色レーザーで赤穂事件の様相を解説していく。元禄十四（一七〇一）年三月、江戸城のなかで播州赤穂《あこう》の城主浅野内匠頭長矩《あさのたくみのかみながのり》が、高家《こうけ》の吉良上野介《きらこうずけのすけ》義央《よしなか》に斬りつけるという事件がおこった。

逃げる吉良をコノヤロコンニャロと二度斬りつけた。吉良が倒れたとき、番をしていた与惣兵衛《よそべえ》が浅野に飛びかかり、抱きすくめた。浅野は「吉良に恨みをいだいていたので、やむを得ず斬った」と抗弁したが、その日のうちに切腹を命じられた。藩主が切腹となれば赤穂藩五万三千石は取りつぶしとなる。

赤穂では首席家老大石内蔵助良雄《おおいしくらのすけよしお》らが籠城しようとしたが、「かくなるうえは敵討しかない」となった。と、事実関係にはいろいろあるが、「赤穂事件」(実話)と「忠臣蔵」(芝居)は別ものですからね、と押さえて、浮世絵の登場人物を「コレが愛人」「アッチは悪人」と解説する。志の輔のパノラマ的前説で、あっというまの一時間。

十五分の休憩後、落語「中村仲蔵」となる。赤穂事件が人形浄瑠璃となり、歌舞伎化されて、巻頭に「仮名手本」とつくのは四十七士が「いろは……」の仮名四十七と同数だから。

全十一段で、ただひとつだけ退屈するのが第五段で、腰元お軽《かる》の父与一兵衛が、斧《おの》定九郎《さだくろう》に殺されて五十両を奪われる。お軽と駈け落ちした勘平《かんぺい》がイノシシと間違えて定九郎を鉄砲で撃ち、その懐中から五十両をとる。

五段目は幕間狂言のような短い場で、昼食の時間になるため客は弁当を食べながら見ている。五段目で銃弾にあたって死ぬ定九郎を演じるのが中村仲蔵。船頭の子で素人あがりだから、本来なら台詞がない。仲蔵は蕎麦屋で会った素浪人を見て、一念発起した。素っ裸になって全身を白塗りし、黒い衣装をはだけて……と、ここからは志の輔ならではのエンターテイメント。

上手奥（客席後方）よりひとすじのスポットライトが高座にあたる。（五秒間の沈黙）ダーンと鼓（銃弾）の音。ざーっと降りつける雨の中、着物をはだけて帯一枚、傘を半開きにして、タッタッタッタ、白い肌に血が流れる、ざんばら髪が額に黒くたれ落ち、から傘は蛇の目。

語り口が渋くて、凄みがあって深い。軽やかな息がありつつ、自在豪放な荒技がくり出される。大技小技、ぐるりと廻って背負い投げ。仲蔵の台詞「指で数えて五十両」。仲蔵の芸が受けて客が集まってくるが、座長の団十郎に断りもせずに勝手に演じてしまった。こんな出しゃばりは許されるわけがない。団十郎が「出すぎたな……」とぴしゃり。「もはやこれまで」と覚悟すると「よかったなあ」と言われて「これからも精進しろい！」。

泣かせますね。仲蔵はめいっぱいしぶとく、団十郎は男っぷりがいい。じーんとくる。志の輔の噺《はなし》は立体的で、第一部は立ったり座ったり歩き廻って、大道芸で客引きするバナナの叩き売りの気魄。風体を見れば、白地の着物に粋な角帯。二部の落語は黒紋付羽織と袴の正装。芸に艶があって、聴いた後味がいい。

夏の「牡丹灯籠」と年末の「大忠臣蔵」はお守りみたいなものだ。

「忠臣蔵」が上演されてから二七〇年余、なんでいまなお人気があるか。日本人は

「敵討」が好きなんですね。敵討は明治六（一八七三）年に太政官布告により禁止された。だけど、「理不尽に娘を殺された父」の心情は、犯人を殺したい。娘を強姦したりセメント詰めにしたりされた父親は敵討しないと気がすまない。「世間の気分」は「「新敵討法案」を成立させて、一定の状況の下で、父親による敵討を合法化させる」ことにある。

赤穂浪士は四十七人が集団で敵討をした。それは武士の「一分《いちぶん》」（面目）を保つためで、主君浅野が切腹させられても、吉良義央が生きていたのでは家中の「一分」が立たない。主君の無念を放置しておくのは家臣の不名誉であった。

将軍綱吉の元禄時代、武士は弛緩していたから、赤穂浪士討入によって武士が見なおされた。敵討がなければ幕藩体制は長持ちせず、明治維新の一〇〇年前に崩落していただろう。

いまの時代は、企業合併によって、デジタル系大手が名門企業をつぎつぎと傘下に治めていく。銀行融資によって倒産するか合併するかの瀬戸際にいる。

高家の吉良は国策企業の取締役企画本部長といったところで、浅野家は名門ながら、元禄という時代に順応できず、主君がキレて企画本部長に斬りつけた。そりゃ、つぶされますよ。だけど、キレるところまで追いつめられた浅野社長の無念をおもんぱかって、元禄の半沢直樹が登場した。大石内蔵助は江戸時代の半沢直樹なんですね。巨悪の本社企画本部長吉良を退治する。

日本の三大敵討に、鎌倉時代の曾我兄弟の敵討がある。寛永十一（一六三四）年には荒木又右衛門の敵討。歌舞伎の曾我兄弟といえば助六じつは曾我の五郎、白酒《しろざけ》売りの新兵衛じつは曾我の十郎であって、歌舞伎ファンにはなじみがあるが、いまは赤穂敵討に圧倒的な人気がある。

浅野が吉良にいじめられたのは、十分な謝礼を贈らなかったため、勅使饗応の儀式を教えなかった、という説が流布している。これは仲介業を悪とする道徳観念にもとづいている。システムの運営は有料。義理も人情も有料なんですよ。

贈与と互酬は「世間」の中核をなす。

デパートでは年末のお歳暮セールで、せめてもの赤字補塡をしようとしている。お歳暮を送らないと、浅野家のようにお家断絶になりますよ、と言いふらしているのはデパートの戦略だが、その背後には「世間のしきたり」が冬眠するガマガエルのように寝そべっている。贈与という呪術。ということで、年の暮れが近づいてくると、赤穂事件をあれやこれやと考えて、お歳暮をどうしようかと思いめぐらすわけですね。

ノラ猫だましいという世間

ハルノ宵子は漫画家にしてラディカルなノラ猫組相談役である。深夜一時に寺の境内に住むノラ猫組にエサをやりにいく女史である。自宅ではシロミという障害猫、カツオという半ノラはじめ、家なし猫十数匹の世話をしている。町田康が「半人半猫」と名づけた猫使いの麗人。

シロミという猫に出会わなければ、「もっとバカで粗暴で、介護中の両親の頭を金属バットでカチ割っていたかもしれない」と独白する。ノラ猫の命を守るジャンヌ・ダルクです。

酒豪の友人が家にきて、ビール、ワイン、ウイスキーをしこたま飲んだあと、自転車に乗って猫巡回へ行った。裏通りで転んで右ひざをつき、バタッと倒れて動けず、三十分ほどそのままでいた。骨折して足が丸太ん棒みたいになった。通りがかった若者に救急車を呼んでもらった。

救急搬送されたN医大で人工股関節置換手術をして一カ月入院した。それ以前に乳がんで片乳を全摘出していた。そうこうするうち都立K病院の消化器内科医が「ステージⅣの大腸がんか？」とつぶやいた。

日々、手術、骨折、入退院をくりかえして猫と暮らす記録『猫だましい』（幻冬舎）は波瀾万丈の連続である。姉のヤバイ状態を察知した妹がK病院の予約をとってくれた。「スゲー行動力！」の妹は小説家吉本ばなな。父は思想家の吉本隆明。

両親はすでに没していたが、父はトイレで失血して寝室まで歩き、鮮血の〝松の廊下〟となった。晩年は客の前にも這って出て行った。筋力は恐るべき速さで落ちていく。父に「ちょっとコレ見てくれよ」とタ〇キンの裏を見せられた。「こりゃインキンだろ！」と思いつつ病院へ連れていった（これほど父親から、何度もタ〇キンを見せられた娘がいるだろうか）。

母はヘビースモーカーで、呼吸困難となり、小型酸素吸入器を常備していた。家事をしない人でワガママだが、父をも屈服させる鋭い勘と強権を持っていた。

父は「死は自分に属さない」と言っていた。自分が死んだって、別に自分が困ることはない。父も母も〝死に逃げ〟で、世間のおじさんたちが終活や死後の心配をしている六十〜七十代のとき、バリバリと仕事をしていた。

視力を失いながらも、激しく思索をつづけた父、セルフ尊厳死を遂げた母。大腸がんでS字結腸に食べ物がからむ症状を猫に託して図解してみせるハルノ宵子。さすが吉本隆明一家だが、みなさんぶちぎれた魂がビカビカでりりしい。

手術のCT検査をして、肛門から造影剤を入れた。お尻からしこたま液体を注入され「右向いてー」「左向いてー」「仰向けになってー」と指示される。苦しい！　お尻から爆発的に噴出しそうなのをこらえる。消化器科は人間としての尊厳もへったくれもない。

夕方に初めてニヤリ系の主治医（四十代）と対面し、ホッとした。この人になら任せても大丈夫だ、と思う。それは長年両親や猫のお医者さまとつきあってきて培われた〝勘〟である。人工肛門になるという、アクセサリーでさえ身に着けていると気になるタチだから、できればそんなものは避けたい。

いざ手術室へ向かうときナースから「あれ？　お立ち会いの方は？」と聞かれた。「はい、基本一人なのですが」と答えた。ガンちゃんという舎弟がいる。もう二十年近いつきあい。元ミュージシャンで、妻子がいる。入院中の猫の世話をして貰っている。でもガンちゃんを呼ばず、一人でいい。一人で自分の惨状を観察する意志。

見舞客も苦手で、その習性を知っている妹は、ある程度〝元気〟になるまでは病院にこない。ガンちゃんは通常業務として日常を持ちこんでくる。ハルノさん宅（吉本隆明邸）の床に落ちている猫ゲロや軟便を掃除する。シーツやタオルを引っぺがして洗濯フル回転となる。術後九日目、十泊で退院した。腸を切り取ることが、どれほどダメージを受けるかを思い知らされた。治療院をしている妹のダンナがきてヒーリングしてくれる。

八月には、毎夏恒例の西伊豆の海へ行った。昔は父と二人、岬のさきから何キロも泳げたのに、人工股関節が入ってからは、数十メートルを泳ぐのがやっとだった。

九六年に父が溺れて、意識不明になったとき、近くのクリニックまで運んだ。そのときN医大の主治医O竹先生から連絡が入り、ドクターカー（見た目はモロ救急車）がきて、サイレンを鳴らしっぱなしで、平野部を抜け、山間部の峠道へ入り、蛇行をくりかえす過酷な山道をぶっとばした。父はストレッチャーで固定されているが、付添人の席は地獄だった。

笑うと顔中に皺が寄るO竹先生は、その一年後胃がんになった。がんは肝臓に転移して、O竹先生が亡くなった。このシーンは読んでいて、もらい泣きしてしまう。町の電気屋さんで、なんでも修理してくれたH屋も亡くなった。ササミという最長老の猫も死んだ。

ハルノさんは、昔から極端に〝支配された時間〟が苦手で、面白くない授業や、時間通りに働かねばならぬ仕事、よほど引き込まれる内容でもない限り、映画館で座っているのも苦痛になった。人から提供された時間が苦手なのだ。

本を読んでもテレビを見てもいつの間にかボーッと考えている。空をただボーッと見る。猫と会話する。葉っぱの裏を見る。虫をつつく。父の介護をしていたころ、父が起きて着替え、食卓につくまでの十分間、そのすき間の十分間をかすめとり、無為の時間を生きた。がんで余命六カ月と宣告された友人が「えーっ！ 六カ月もあるの？」と嬉々としていたら、五年たってもピンピンしている。病気や病院に支配されないときが自分の時間となる。

そうですよねえ。自分が好きなようにすごせばいいのです。といったって、どうすりゃいいのか、百人いれば百通りの世間、があって、じつのところ自分の正体がわからない。本当の自分なんて、そんなものはないんですよ、きっと。

地元・国立世間を友とヨロヨロ

この一年で膝が悪くなった。外を出歩くことが減ったためだ。十年前まではあちこちへ旅をして、一年のうち半分は家へ帰らない日々がつづいた。名刺の住所として「旅行中につき住所不定」と印刷すると、珍しいので欲しがられた。住所も電話番号もない役に立たない名刺。

座業だから、一日中書斎に座っていてもどうにかやっていける。部屋に籠もって古本を読み、地図の細部へ侵入して、頭に浮かぶふつつかな妄想にふけって欲情し、未知の領域を書き記す作業は、むしろ望んでいたところであった。

年がら年じゅう旅をしていたころは、家へ帰るのが愉しみだった。旅の遊蕩にふけりつつ「旅の帰り方」なんてことをヱラソーに講釈してきたのだった。

自宅附近をぶらつくと、膝が錆びて、ざりざり軋《きし》む感触がある。歩くうちに軀が左右に揺れる。とくに右膝が軋む。これは東京駅で新幹線に乗ろうとして走り、エスカレーターを駆け登って車輛の前でつんのめって転んでからだ。

新幹線こだま号の車輛のドアが三秒差で閉まり、膝をついたまましばし、う、う、と唸った。体力を過信して、まさか転ぶとは思っていなかった。乗り遅れた新幹線が発車するのを無念の思いで見送った。

三十分あとの新幹線に乗って日帰りして、整形外科へ行くと、レントゲンを撮ってから赤外線を膝にあて、溜まった水を抜いた。一カ月ほどの通院で歩けるようになったが、その後、風呂場の床で倒れた。

脳に血が溜まる硬膜下血腫で、近くの病院へ運ばれた。頭蓋骨に穴を開け、そこへチューブを差しこんで吸引して一泊二日で退院した。いまもおでこの右上にへこんだ穴がついたままだ。その穴に人差し指を入れると、ずぶずぶとして沼地へ沈んでいく感触がある。

アルゼンチンのサッカー選手マラドーナが六十歳で死亡した。同じく硬膜下血腫の手術を受け退院後、心不全となったという。

サッカー選手はヘディングをするから、しょっちゅう頭蓋骨を酷使している。

ぼくの場合は、退院から六カ月後にまた緊急入院して一命をとりとめた。

散歩中ベンチに腰を下ろしてしまうと、すぐに立てない。前後に足腰をゆすって、軀を反転してヨイショと立ちあがる。

自宅がある国立《くにたち》の町内にはシューちゃん（佐藤收一）がいる。学生のころはスキーの達人だったシューちゃんは、寄る年波で軽症の目眩《めまい》持ちとなった。

シューちゃんの画廊（明窓浄机館《めいそうじょうき》）からぼくの家までは二キロある。一歩を六〇センチと計算すると片道は約三千三百歩、往復六千六百歩となる。シューちゃんは、スマホに表示された歩数計を得意気に見せる。一日五千歩を目標として歩くうち、目眩はぴたりとなおりました。

シューちゃんが家に来たときは、自転車をひいて大学通りまで一緒に行く。一橋大学生で賑わっていた値の安いレストランや居酒屋はのきなみ閉店となった。帰りに谷保駅前のスーパーで買い物をする。整形外科医から、膝を治療するためには自転車がいい、とすすめられた。広い大学通りに自転車レーンと、街路樹植えこみ地帯と歩道がある。

自転車の前後には籠があり、サドルやチェーンは錆びている。六十年間営業していた多摩蘭坂下の自転車屋が閉店したので、整備できない。

町内会の山口瞳先生、仏師の関頑亭先生、滝田ゆう氏ら親しくしていた人が他界し、シューちゃんとぼくが「ややこしい爺い」の生き残りとなった。

ふたりでブツブツコロナ世間の悪口を言いながら歩くと、通りすがりの人が挨拶してくる。シューちゃんは商工会の顔役で、人の面倒見がいいから慕われているが、二人そろうとなにやら不穏な気配が漂うらしい。じつはわざとやってるんですよ。冗談半分で肩をゆすって、よろけてみせる。

大学通りのイチョウ並木は十二月になっても、まだ散りきらない。いつもの年より一カ月遅れで、イチョウの黄葉が歩道の上で渦を巻く。風の流れで右へ飛んだり左へ流れ、やがて片すみに吹き溜まる。イチョウの葉は芯を持つと扇の形をしていて、上下を逆にすると富士山に見える。黄葉が歩道の上でうろちょろするから、「じたばたすんな」と声を荒らげることになる。

うららかな十二月である。十二月なのに秋がつまっている。桜の葉は枝のさきに紅葉したのが一枚だけ揺れている。小学生が自転車を止めてしゃがみこみ、イチョウの葉を拾っていた。

西日がさして、歩道を歩く人の影が動く。街路樹の影が重なり、大学の校門横でシューちゃんと別れた。

谷保方向への自転車レーンは駅にむかって左側にある。錆びた自転車をギーコギーコと漕ぐと、散ったイチョウの葉がタイヤにまきついて転びそうになった。自転車レーンの横には小さいコンクリートの仕切りがあるから転倒するとやばいことになる。

谷保富士見台のサンドラッグで買ったのは明治ミルクチョコ、シーザードレッシング、EXVオリーブオイルなどしめて四〇〇七円。ダイエー国立店ではイベリコ豚、海からサラダフレーク、珈琲豆ブルーマウンテン、えび紅しょうが揚、熟うま辛キムチ、白菜漬、PBはんぺん、行列ラーメン博多、チャーシューメンマ、アナ雪ぶどう、カリフラワー、豆腐、厚あげ、ブロッコリー、タカナシ純生クリーム35、紀文結び昆布、すじ、ぶなしめじ、マイタケ。ガチャーンとしめまして税込み八〇八三円。

マイタケは、チーズをのせた食パンの上に生のままのせてトースターで焼くと香りがいい。コーヒーは豆を自動ミルでごりごりくだいて、淹れている。目についたものを片っぱしから買って、自転車の籠につめこんで、よろよろと帰ってきた。

家についてから床を歩くと、積んであった本につまずいて転びそうになった。膝を酷使したのでよろけてしまう。二階へあがって書棚まで歩くと、畳の縁《へり》に足をつっかけた。階段を下りるときが要注意だ。友人のジャズピアニストが二階から転げ落ちて入院したという。壁に手を添えて、崖を降りるようにソロリソロリと足を運んだ。

PART3 文士と世間万華鏡

ぷかぷか宝船

小学生のころ夢のなかでお金を拾った。地面にきらりと光る硬貨が落ちていて、胸がどきーんと高鳴った。しゃがみこんで両手でかき集めると五円玉、五十円玉がざっくざくとあった。百円玉もあって、夢中になって拾ってズボンのポケットへ突っこんだ。興奮度極に達し、ジャンプしたら、ポケットの穴からお金がずり落ち、あわてて上着のポケットに入れなおした。手の爪のさきに土がつまった。

なにがなんでもお金が欲しかった。ずしりと重い感触を確かめつつ、「夢のようだ」と思ったら、目の前がぼんやりと溶けていき、目がさめた。せつない夢。

少年雑誌新年号の付録に、名刺大の宝船の絵がついていた。船の帆に「宝」の一字が描かれ、七福神が乗っていた。宝船の紙を枕の下に入れて寝ると、縁起のいい初夢を見るという。札にはおまじないの文「なかきよのとおのねふりのみなめさめ、なみのりふねのおとのよきかな」（回文・さかさに読んでも同じ）と印刷されていた。吉夢を見たときは絵を守り札に入れてしまい、悪い夢だったら川に流す。二人の弟も、宝船の絵とおまじないの文を鉛筆で写しとった。コピー機なんて便利なものはない時代でしたからね。一月二日の夜、枕の下に敷いて寝た。

たちまち百万円の札束を拾う夢を見た。宝船の効き目があって、ランドセルに五つの札束をぎしぎしつめこんで、親にニッサン・ダットサンを買ってやろうと思ったところで「夢かもしれない」→「どうせ夢ですよ」→「やっぱり夢だった」と気がついた。夢を信用しないから目がさめるのである。宝船の霊験を模写して分散させたのが悪かったか、とふてくされて、宝船の札を軒下の下水に捨てた。ドブ川には模写した宝船の絵が三枚ぷかぷかと浮いて流れていった。

空飛ぶ夢も見た。おいらは鉄腕アトムだぞ、と思いこんで地面を蹴ると、丘を越え、雲の上をすいすいと飛んだ。鳶になったり、「沙漠の魔王」になったり、雲の上を思うように飛んだ。目がさめると、そのことを他人に話したくなったが誰も聞いてくれない。これは当然のことで、「他人が見た夢」を聞くほど退屈なことはない。

なにかを食べる夢はよく見た。うな丼か握り寿司にありつけるのは二年に一回で、田舎の爺ちゃんがきたときに出前をとってくれた。たまにトンカツ、すき焼き、スパゲッティなどが夢に出てきたが、食べようとするところで目がさめた。これを「夢のシャボン玉」という。上等の料理を食べるキャリアが欠けていた。就職してから、夢のなかで食べる根性が備わった。

食う前に目がさめるのと食べてからさめるのは大違いだ。夢で食べた料理はいつまでも忘れられない。

「食べてみたい」という欲望、実現しない欲望は「達成されない」ところに「味」がある。「禁断の味」は食べることによって消失する。「食べたい」という思いのなかに「食べたらそれっきり」という喪失感がある。ということで、夢のなかで食べる料理が一番うまいことがわかる。

「夢で逢いましょう」という歌がある。仕事の事情で北と南の地へ別れて生活することになった恋人が、冬の北斗七星を同じ時間に見て、夢のなかで逢う約束をする。夢のなかでの情事は本番よりもセクシーである。

という次第で、やたらと夢を見るので還暦のころ夢日記をつけてみた。夢日記を書くうちに、総天然色カラー画像になったが、一年間たつと頭が変になった。現実と夢物語の境界がなくなった。古代の夢占いを読むと、飛行夢は凶夢とされる。肉体から出た「魂の鳥」は「死の想念」でさまざまな劣等コンプレックスを持っている者の狂気を象徴する。

銀貨および硬貨は凶兆であって、それを拾う夢は欺瞞で卑劣な行為とされる。死の前兆である。現代の夢研究では貨幣を分泌物および排泄物と同一視する。

アチャア。ぼくがよく見る夢はすべて凶だった。古代バビロニアでは黄金のことを「冥界の糞」と呼んでいた。金メダルというのは「死者のウンコ」なんですね。宝船は「死者の糞」を積んだ汚穢船《おわいふね》となる。貨幣と黄金と宝物は、不吉の知らせだった。そんなことを知らずに夢のなかでお金を拾ったり、空を飛んだり、御馳走を食べてきたのは、無学の恥知らずの徒であったのだ。

そもそも、という言い方はいやだが、それでもソモソモ船は「転覆する」とか「座礁する」比喩で「死ぬ」の同義語である。夢のなかで死んだ父や友人と会って「なんだ死んでなかったんだね」と話すことがある。二十一年前に没した父はしばしば夢に出てきて、たわいのない会話をしたが、なにを話したか、すぐ忘れてしまう。

年をとると、ちょっとした障害物にあたって転ぶから、用心深く小股で歩くようになったが、これがいけない。チョコチョコ歩くと世間が狭くなり、料簡も狭くなる。大股で年をまたいで、ドッコイショ、と初夢を見る。七日連続ドラマにしたいが、独り居で見る夢はなんだか尾ひれがあって、ヒュードロドローンと浮いてたちまち消えて忘れてしまう。

「初夢」もいいが、死ぬときの「末期の夢」が愉しみだ。枕の下に「惚れた女の似顔絵」を敷く。「嘘まこと七十余年の夢のあと」とでも詠みますか。

ズコブン世間

二〇二一年一月十三日早朝、NHKラジオニュースで半藤一利氏が他界（九十歳）されたことを知り、ミシミシ、ドカーンと巨木が倒れる音を聴いた。西方の空へむかって手を合わせ「さよなら、イチリ（一利）オヤブン」と声をかけた。べらんめえの快男児で向島育ち、博識多才で豪放磊落。豪胆でありつつ、おだやかな人であった。

はじめて仕事をしたのは平成十一（一九九九）年、拙著『文人悪食』（新潮文庫）から漱石と鷗外の項を取り出してNHK・BSが一時間番組『食は文学にあり』（制作はテレコムスタッフ）を作ったときだった。

漱石に関しては、日記や『倫敦消息』のほか夏目鏡子述、松岡譲筆録『漱石の思い出』などを参照して料理のレシピを作り、道場六三郎さんに渡すのが私の役目だった。そのデータをもとに道場さんが目黒雅叙園《がじょえん》で料理を再現し、ドイツ文学者の池内紀さん、作家の江國香織さんと味わった。漱石は、自宅にアイスクリーム製造機をおいていたので、明治のアイスクリーム製造機で実際に作ってみたが、なにかひとつ足りない。データはいくつもあるが、リアルな食感がない。

で、半藤夫人の末利子さんの糠床《ぬかどこ》に目をつけた。末利子さんは漱石の孫で、夏目家四代にわたって受け継がれてきた糠床が生きていた。その糠床で、茄子や胡瓜の漬物を作っていただいた。このテレビ番組は、年間最優秀賞を受賞した。

つづいて『食は文学にあり』第二弾『永井荷風と谷崎潤一郎』編を作り、半藤氏と岡山県勝山町（谷崎戦時中の疎開地。現真庭市）へ行った。

旅のあいだ、半藤氏といろいろ話をした。半藤氏は松本清張『日本の黒い霧』の担当編集者で、私も雑誌編集者のころは清張先生担当で、一年間お供《とも》をして日本各地を取材（古代史）した経験がある。

浜田山にある清張宅へもたびたびうかがったが、清張宅にはガンダーラ美術の仏像や、ペルシアの金印などの古美術品がいっぱいあった。外国から古美術商が売りこみにきて真贋ふくめて部屋に収納されていた。外国の道具屋の話を、だれが通訳しているかと思っていたら、それが半藤末利子さんだった。末利子さんは英語の達人です。あ、そうだったのか、と長い間の疑問が氷解した。

末利子さんは、聡明《そうめい》で、テキパキしていて、要点をズバリと言う。悠然とかまえつつ、辛口でぴしゃりと言う。まっすぐな視線で、お茶目でステキでした。漱石そっくり（といっても漱石の作品から想像するだけですが）です。そのとき、半藤さんは『日本のいちばん長い日』を書き、昭和史研究の第一人者となっていた。徹底した実証主義で、とことん調べあげるのが出版ジャーナリストの本分であるぞ。中立公正に事実をつきとめていくべし……。学術論文じゃなくて読みやすく書くのがコツである。

編集者から作家になる人に二パターンがあり、ひとつはストンと大変身して、全身物書きになってしまう。もうひとつは、物書きになっても編集者的感受性やセンスを失わない人。半藤氏は後者で、眼の奥底には編集者の視線がキラリと光っている。タイトルやキャッチコピーのつけ方がずばぬけてうまい。話の構成と展開があざやかだ。「編集者あがりの物書きは苦労するぞ。編集者の世間での同業者を評価しねえんだよ」と言った。また「作家から受けとった原稿が不満で直したくなることがある。それが編集者のやめどきだ」とも教えられた。

そのときの忠告や心得が私の指針となった。昭和史だけでなく、エッセー『漱石先生ぞな、もし』や、『漱石俳句を愉しむ』『一茶俳句と遊ぶ』など俳句本も傑作が多く、『其角《きかく》と楽しむ江戸俳句』（平凡社ライブラリー）の解説は私が書いた。

忘れられないイベントは平成三十一年、銀座三丁目にあるギャラリー青羅での「ズッコブン書画展」であった。

ズッコブンとは半藤氏の造語で「ズッコケ文人」である。出品者はアイウエオ順に嵐山、池内紀（ドイツ文学者）、磯田道史（歴史家）、上野徹（元文藝春秋社長）、香山美子（女優）、坂崎重盛（エッセイスト）、半藤一利（歴史探偵）、南伸坊（イラストレーター）の計八名で、プロデューサーは半藤末利子さん。末利子さんがギャラリーオーナー池田美恵子さんの旧友という縁で企画された書画展だった。一週間の開催だったが、出品作はすべて売れた。「生涯流転七景」を描いた池内さんはその半年後に他界した。頼りにしていた兄貴分がいなくなるのは淋しいが「生きてる人の世の中」が世間というものです。愉快に生きて「じゃ、おさきに」てな感じですかね。

はじめて会ったときの半藤さんは六十九歳だった（私は五十七歳）。七十代の半藤さんの活躍はめざましく、『昭和史』がベストセラーになった。これを「花の七十代」という。そのあとは「紅葉《もみじ》の八十代」、なんちゃって。

末利子さんは『夏目家の糠みそ』を刊行して、解説は私が書きました。末利子さんはつづいて『漱石夫人は占い好き』や『老後に乾杯！』という傑作を刊行した。この本のサブタイトルは「ズッコケ夫婦の奮闘努力」で、表紙絵は半藤夫妻が赤ワインを片手に持ちながらダンスを踊っている。描いたのは半藤さんで、「ズッコケ」元祖はここより始まっていたのです。末利子さんは、夫のことを「うちの宿六」と書いている。宿六とはこれまた古風というかズイブンな言い方で、江戸の黄表紙本に出てくる「間抜けな亭主」。昭和史権威が宿六と呼ばれるところが愉快だな。

「あとがき」に「夫は気が弱いくせに気短かですぐにデッカイ声を出す。私は気が強い上に直情型ときているから、彼が一言怒鳴るといつも十言以上は怒鳴り返した。それがいつの頃からか、もう先が短いんだから喧嘩は止めよう、と夫が言い出し、今は諍《いさか》い程度に止めておく」とある。

半藤さんが好んだ其角の句に「鶯《うぐいす》の身をさかさまに初音《はつね》哉」がある。初音の鶯は梅の枝にさかさまに止まって鳴くが、それを「人間の男女の営みのとき の……女が上になって……まさか」が半藤訳。ボート選手だった半藤さんへ「男ひとり天浪の雲漕いでいく」一句献上した。

私の書斎の窓側に一利先生の切り絵「千代の富士の至芸」(左上手投げ)が飾ってある。平凡社刊の「半藤一利」(別冊太陽)九月三十日号を見ると、ズコブン展案内状(半藤氏手書き)が掲載され、「本当に全員がズッコケ連中ですなあ」と書かれていた。

四十分間の格闘

神楽坂の隠居部屋から、ぶーふーぶーと屁をこきながらJR四ツ谷駅まで歩いた。屁で推進力がつき、リズムがよくなる。これは江戸時代から伝わるぶーふーぶー放屁術で、右足を蹴ってぶー、左足を出してふー、三歩目はぶー。

四ツ谷駅より中央線快速八王子行きに乗ったとたんに尿意をもよおした。四ツ谷駅でトイレに行けばよかった、と悔やんだが、もう遅い。国立駅まで四十分かかる。

歳をとると頻尿となり、落語名人会や演奏会は、ガマンの限度が二時間半になった。前立腺のあたりが稲光して、サイレンが鳴り、尿意ランプがぐるぐる廻る。映画館では上映前にトイレへ行って出しきっておく。

つぎの新宿駅で下車しようとしたが、ドアが開くと、どっと客が乗りこんできて、ちょうど空いた席へ座りこんだ。駅名のプレートに「しんじゅく」とあり、ガマンする意志を「信じゆく」ことにした。「尿」という漢字は「尸」(人体)部の下に「水」

と書き「人体の水」である。と妙なことを考える変態老人で、脳が変態すると、インテリになる。

ゆるゆると電車が走り出し、隣席にお尻の大きいおばちゃんがドカンと座って、スマホをいじっている。乗客の肩越しに新宿歌舞伎町のネオンが見える。甲府行き特急列車が、オラオラオラーッと夜の線路を蹴ちらして走る。特急列車の中は白白と空席で、客がいない。背広の内ポケットから排尿障害改善薬タムスロシン剤をとり出して、口へ放りこんだ。主治医から処方された錠剤で、舌を丸めて喉の奥へゴックンと飲みほした。この錠剤は尿意をおさえる効果がある。

目を閉じたが眠れず、中野駅に着き、買ったばかりの文春新書、中野京子著『欲望の名画』を開いた。十六世紀の画家ブリューゲルが描いた「子どもの遊び図」に水泳、でんぐり返り、馬とびなどが出てくる。巻頭ページに豚の膀胱《ぼうこう》を大きな風船にふくらませているシーンがある。豚の膀胱は気密性が高く空気を逃さないので、どんどんふくらむ丈夫な風船になる。眼鏡をふいて、ジロジロと見た。人間の膀胱もこんなふうに遊び具になるんだろうか。と考えていると、隣席のおばさんに覗き込まれた（ような気がした）。そこで降りようかと思ったが、混んでいるので立ちあがれない。

からだを捩りつつ、なにくそ、と歯を食いしばったところで電車は動き出し、目を閉じてナムアミダブ、〳〵と無言で唱えるうち阿佐ケ谷駅に着き、さーっと尿意がおさまっていった。一時的休戦である。戦士の休戦だな。

内臓感覚というものがある。腹の上をさわり「このへんが腎臓だな」と押さえたところで吉祥寺駅に到着した。キチンとした吉祥寺は村松友視氏が住んでいる文化都市で、そのひとつさき三鷹には太宰治が住んでいた。

三鷹駅で隣席のおばさんが下車したので、ほっとしつつも何やら淋しい気になったのが妙な気分だ。

腎臓は一二〇グラム、そら豆の形をした臓器で、血液から尿を生成して、尿管を通じて膀胱へ送り、体外へ排出する。

内臓感覚には空腹感や圧迫感という「感」と、食欲といった「欲」と、便意や尿意といった「意」がありまして、感と欲と意はどう違うか、とつらつら考えるうちに尿意は薄れていくが、その反動で尿魂と化した大波がざっぶーんと押しよせた。行動する尿魂。

ありゃま、膀胱ダムがブリューゲルの風船玉みたいにふくらんで、決壊したら車内が水びたしとなる。ここが我慢のしどころだ。四ツ谷駅から二十五分たち、あと十五分の勝負である。尿は屁のようにすかすことができない。電車の中で小便を漏らしたらスポーツ紙の記事になるんだろうか。

小便のことを考えるからいけないのだ。で、宇宙的瞑想をした。地球の天然水は、蒸発、凝縮、流動しつつ循環する。水蒸気であったり、雲であったり、雨であったり、地下水であったり、人間であったりする。動物の六〇〜八〇パーセントは水分であるから、人間は歩く水である。

と思案するうち、武蔵境、武蔵小金井を過ぎて国分寺駅に着いた。国分寺といえば村上春樹氏がジャズの店「ピーター・キャット」を開いていた町だ。椎名誠氏の『さらば国分寺書店のオババ』でも知られる。駅ごとに世間という物語がある。

国立まではあと七分で、国立は中央線の地の果てといわれた世間だが、山口瞳氏が住んでいた。中央線はのきなみ高架駅となり、このさき立川や八王子まで高層ビルが建ち並んで、昔の面影はない。しかし国立駅だけは、昭和の旧駅舎が復活した。

国分寺駅に到着した快速電車はしばらく止まって、つぎに来る特快（特別快速）を待っている。

な、なんだ、と腹を立てると、せっかくおさまっていた尿魂第三波が津波のように押し寄せる。下車してエスカレーターに乗って駅改札口横にあるトイレへ、か、駆けこもうか。だ、断じてそんなこたあ、で、で、できない、と歯を食いしばってうっと目玉をむいた。

額の血管が浮きあがったところで、ユルーリと動き出した。息が荒くなる。冷や汗が流れる。つぎの駅はに、に、に、西国分寺。昔はこんな駅はなかったぞ。いつ作ったんだあ、と恨みつつ、意識が遠くなるうち、くにたちー、国立に着きました。

ホームに降りたが下りのエスカレーターまでは遠い。長い階段を下りつつ、腰をひねって耐え、まだ、まだ、と声を出した。一歩一歩下りていく。トイレがすぐそこにある、と思うだけで気がゆるんで漏らしそうになる。

沈没した船から海へ飛びこみ、一時間泳いで砂浜に着き、立って歩ける浅瀬で溺れ死ぬ、というケースがある。あと一メートルの地点で溺死する。

トイレに着き、無念無想でズボンのチャックをおろした。あたしゃ負けないよ。解放感がひろがった。ア、アー、ウーと溜め息が出た。なんでこんなことで闘わなくちゃいけないのか。脳天まで脱力して、あーあ、こういう闘いが老化ということか、と感じいり、夜道を歩いて家へたどりついた。靴を脱いで部屋へ入ると、全身から力がぬけて、繰り糸をはずした文楽人形みたいにガラッと崩れて眠ってしまった。

寿司食う人生

コロナ禍でテレワークやオンライン授業が盛んだが、所詮バーチャルだから限度がある。とくに物足りないのは食事とセックスだ。オンライン・セックスのシステムができあがれば、みなさんステイホームで、不倫だろうが情交だろうがやり放題となる。「三密」が禁止されたが、科学技術には「精密、緻密、綿密」なる三密が求められ、世間は「親密、濃密、秘密」の三密。密会、密儀、密談、密造、密葬、密教、密陀、密蔵は「八密」で、蜂蜜や餡蜜《あんみつ》も捨てがたい。リアルなオンラインにするためにはこれからの研究が待たれる。ひとまずは寿司屋のオンライン。

タブレット画面に回転寿司がぐるぐる廻り、気にいったのを箸でつまんで取る。醤油とビール（あるいは茶）は自分で用意するとして、画面を流れる寿司を取り出す技術を開発する。バーチャルからリアルへ。

食客は頭に電能寿司つまみ食感（ＳＴＳ）再生装置をつけて、寿司一貫をつまんで口へ運ぶ。このＳＴＳ装置は寿司組合よりの貸し出しで、料金は、自動支払いとなる。食客の味蕾や舌咽神経を介して脳の中枢に味が伝わる。ワインや日本酒などは各自が好きなものを飲めばよろしい。自宅持ち込み。家族三人ならば三台のタブレットで回転寿司体験ができる。食べ終わったところで「終了」のマークを押すと料金が表示される。うまかったら「いいね」と評価する。まずかったら「やだね」。

さらに上等の寿司屋へ行きたい人は特上ＳＴＳ装置の店と契約する。最高級店の魚介が並ぶタネ箱は宝石箱のような美しさ。房州のアジ、佐賀産のコハダ、函館産のイクラ、竹岡産の大車エビ、釧路産の小柱、渥美半島のミル貝、千葉産のスミイカとトリ貝、宮城閖上《ゆりあげ》の赤貝とヒモが整然と並ぶ。檜のタネ箱には一本釣りであがった本マグロ。マグロは頭に近いほうから、カミ・ナカ・シモと三分割され、さらに蛇腹の大トロ、中トロ、赤身に切り分けられる。くるくるっと名人の手のなかでシャリが踊り、目にもとまらぬ早業でマコガレイの握りが黒板の上に置かれる。握りが月夜の湖水の上に浮いているようだ。はあっと息をつくひまもなく、スミイカの握り。ワサビの緑がすけて具の下の酢飯ひとつぶの光が見える。シマアジ、コハダ、蒸しアワビ、中トロと、ころあいを見て握りが出る。わずか十席のカウンターだが、御存知、銀座Ｓ店でおやじさんの頭上にそれぞれタブレットがあり、客ひとりひとりと会話できる。

いろいろ食べて「さあ、おあとはなにがいいでしょう」とおやじさんに聞かれて、かんぴょう巻き。てな具合。

寿司に関しては「百人いれば百点の贔屓《ひいき》」がある。年を重ねると、だれもが「なじみの店」を持ち、その店に忠実である。新しい寿司屋ができても「あんな店へは行かないよ」と冷淡になる。オンライン寿司屋は、使う人のタブレットが整備されていないと味に差が出るから、通信環境が悪けりゃ、味もまずい。

もうひとつの課題は「店と客の親密度」で、これはオンライン授業と同じく、人間関係が生まれにくい。その店とのかかわりが「お話」になるかどうか。

寿司小説に志賀直哉著『小僧の神様』がある。秤屋《はかりや》に奉公する小僧仙吉は番頭たちがうわさする鮨屋の鮨を食べてみたいと思い、倹約した電車賃四銭を持って鮨屋へ行き、ひとつ取ろうとすると「一つ六銭だよ」と言われ、落とすように鮨を置いて出ていった。そこにいた貴族院議員のAはかわいそうに思い、ある日小僧を見つけて鮨屋へ連れて行き、たらふく食べさせてやり、姿を消す。小僧はその客のことをお稲荷様の化身だと思うようになったが、いっぽう小僧に鮨をごちそうしたAは、変に淋しい気になる。いいことをしたはずなのに、このいやな気分はなにからくるのだろうかと感じ、その後その鮨屋へは行かなくなる。そのいっぽうで、小僧は、悲しいとき、苦しいときに必ず、Aのことを思うことによって慰めになった。これぞリアルな世間話である。

もう一編、岡本かの子の遺稿『鮨』がある。東京の下町と山の手の間にある鮨屋「福ずし」の娘ともよはいろいろ変わった客を見なれていたが、常連のなかで、五十歳過ぎの濃い眉《まゆ》がしらの男が気になってしかたがない。地味で目立たない客で、謎《なぞ》めいた目の遣《や》り処《どころ》があり、憂愁の蔭を帯びている。ともよは、ふとしたことで、この男と鮨にまつわる因縁を聞くことになり、そのひそやかな内奥を知ってから、男はぷっつりと店に来なくなる。

ひと握りの鮨のなかに五十歳を過ぎた初老の男のひそやかな半生があり、切ない渡世の記憶が重なっていく。これが世間というものだ。舌に、酸《す》っぱい哀愁がざーっと吹きぬけていく。もの食うやるせなさがジンジンと滲《し》みてくる話である。

かの子のもうひとつの遺作『家霊』はどじょう屋の話である。徳永老人は貧しい彫金師で、毎晩どじょう屋「いのち」へ来て、どじょう汁と飯をせがむ。放蕩者の夫に見捨てられていた母にかわって、くめ子は帳場に座っていた。徳永老人は薄幸な母のためにのみ、心魂こめた片切彫《かたぎりぼり》を彫り続けていた。

……どじょう汁と飯一椀、わしはこれを摂《と》らんと冬の一夜を凌《しの》ぎ兼ねます。あの細い小魚を五、六ぴき恵んでいただきたい。死ぬにしてもこんな霜枯《しもがれ》た夜はいやです。あの小魚のいのちをぽちりぽちりわしの骨の髄に嚙み込んで生き伸びたい。

くめ子の母が臨終のとき「これだけがほんとに私が貰ったものだよ」と言って琴柱《ことじ》の箱を頰にあてた。徳永老人が命をこめて彫った金銀の簪《かんざし》の音がした。

この二作を遺《のこ》して、かの子は昭和十四年二月十八日に急逝した。五十歳になる十一日前であった。オンライン料理が開発されれば、さぞかし泣かせる料理小説ができるだろう。料理が蒸発して人間が異化していく。かの子を偲んで、神楽坂でまずい寿司を食うことにした。

岡本かの子は与謝野晶子に師事して歌人として活躍し、昭和十一年（四十七歳）のとき、芥川龍之介をモデルにした小説『鶴は病みき』でデビューした。以後凄まじい勢いで名作を連発して『老妓抄《ろうぎしょう》』を書いた。座敷名小そのという老妓が、世間知らずの青年に目をかけ、放胆な飼い方をする。青年は家出して逃げるが、連れもどされる。「年々《としどし》にわが悲しみは深くしていよよ華やぐ命なりけり」という老妓の歌で結ばれている。

かの子は文壇の嫌われ者だった。大地主の長女として、東京・赤坂で生まれ、わがまま放題に育った。兄大貫晶川《おおぬきしょうせん》の親友である谷崎潤一郎に会い、師とあおぐが、谷崎は「じつに醜婦でしたよ。白粉《おしろい》デコデコでね、着物の好みも悪い」と斬り捨てた。

漫画家岡本一平と結婚して長男太郎を産むが、若い学生堀切茂雄と恋愛して同居させ、三角関係の共同生活をする。堀切が肺を病んで死ぬと、慶應病院の医師新田亀三と恋におちいり、すでに弟といつわって家に住まわせていた恒松《つねまつ》安夫（終戦後の島根県知事）と一緒に生活した。

夫のほか二人の恋人と暮らすという異常な生活が世間から奇異の目で見られた。脂《あぶら》ぎった容貌怪異な中年女が、どうしてこのような逆ハーレム生活ができたのかは瀬戸内晴美（寂聴）著『かの子撩乱《りょうらん》』に詳しい。書庫を捜すと、ありましたよ、昭和四十一年講談社刊の初版本と、昭和五十八年刊の講談社文庫（四十七刷）。

初版本はかの子御子息（岡本太郎）の装幀で、赤地に白ヌキでＴＡＲＯの筆文字が躍る。口絵四ページにかの子、一平、太郎（学生服姿）や恒松の写真が入っている。くいいるように見て、はーっと溜息が出た。

岡本一平は漱石の新聞小説『それから』の挿絵を描いて好評だったので、東京朝日新聞に入社し、軽妙な短文のついた漫画『紙上世界漫画漫遊』によって流行画家となった。昭和四年から妻子とかの子の二人の愛人を連れて外遊した。

昭和七年、三年間の外遊から帰国したかの子は、銀座を歩く自分をじろじろと見る周囲の不作法に憤慨した。かの子のいで立ちは、断髪のおかっぱに、白粉を白壁のように厚塗りし、背が低くよく肥えた体軀に真紅のイブニングドレスをまとったものであった。

一平はかの子の生存中から、かの子を「お嬢さん」と呼んではばからなかった。かの子が産んだ長女豊子、次男健二郎は幼児のうちに死んだ。子があいついで死ぬと、かの子は「夫一平と生涯の夫婦関係をたつ」ことを誓い、実行した。ときにかの子二十八歳で、新田や恒松の二人と同居するのはそのあとである。

かの子の小説に理解を示し、かの子が恋心を抱いた亀井勝一郎は「十年の甲羅を経た大きな金魚のように見える」（「追悼記」）とコテンパンに書いた。

新詩社「明星」に短歌を発表したのはかの子十七歳のときである。はじめにめざしたのは晶子で、性愛の実生活の面では晶子をしのいだが、短歌では及ばなかった。それで一気に小説で晶子を越えようとしたかに見える。デビュー作『鶴は病みき』で一躍人気作家になり、「文學界」に金銭的援助をして、同人に自宅の一部を提供した。その縁もあって「文學界」同人の林房雄は「かの子は鷗外、漱石につぐ大作家」と評し、川端康成は「世間の噂とはちがって、いいようのないさびしさや、あわれさを書く」と褒め、三島由紀夫は「谷崎先生の作中人物が小説を書き出したようなものだ」と讃嘆した。

生きているときからすでに伝説のうちにあり、死後ますます怪奇な評判につつまれた。

瀬戸内寂聴さんが『かの子撩乱』を「婦人画報」に連載しはじめたのは、四十歳のときだ。その前年に『田村俊子』で第一回田村俊子賞を受賞して「明治以後の女の生き方」シリーズの第二作であった。以後、『美は乱調にあり』（伊藤野枝）、『お蝶夫人』（三浦環）、『遠い声』（管野須賀子）、『余白の春』（金子文子）と伝記小説の山脈を書きつづけた。

それまでの女の道徳意識や因習をはねのけ、自我にめざめ、自己を主張し、男に依存しようとはせず、才能の芽を育て、火のような情熱を燃やしつくそうとして、現在に至る。瀬戸内さんが奥州平泉中尊寺で得度し、法名寂聴となったのは昭和四十八年（五十一歳）である。

岡本かの子が、没年までの三年間に書いた小説は、力ずくで、亀井勝一郎は、かの子の小説を「滅びの支度」と言った。

生前のかの子は、死んだときは親類や知人の誰にも見られたくないと言った。そのため一平と新田はかの子の遺体に防腐剤の注射をうちつづけた。肥満していたかの子は、化粧に彩られると、まるで童女のようなあどけない清らかさをとりもどしていた。かの子が生前、火葬を嫌ったので土葬することにした。

多磨霊園の三人分（二十七坪）を入手し、土を掘り、薔薇の花々を敷きつめた。一番似合った純白のソワレを着せ、銀の靴をはかせた。太郎が贈ったネックレスもかけさせ、指には一番上等のダイヤの指輪をはめてやった（『かの子撩乱』・二十二章「薔薇塚」）。

東京中の花屋から薔薇の花を買いあつめた。東京中の花屋でその日は薔薇が品切れになったほど、集まってきた。当時の金で花代が三万円になった。柩を薔薇の花で埋め、薔薇がしかれた深い墓の穴にしずしずと落とし、柩の上にまた花々が降りそそがれ、やがて静かに黒土がおとされた。五彩に挟まれて柩は花のサンドイッチ。

一平はかの子の死を六日間かくしていた。悲しみのあまり、涙ばかり流していたが、新聞社の知るところとなり、知友たちが訪れ形だけの葬儀をすることになった。葬儀は青山高樹町の岡本邸で行われ、客間の白い台の上にはピンクの薔薇の花輪に飾られたかの子の写真と、白い中指ほどの水晶の観音像が置いてあるだけだった。

わっ、アンゴさん!

坂口安吾の未発表小説自筆原稿が神田古書市で見つかり、安吾忌(二月十七日)に『残酷な遊戯・花妖』というタイトル(春陽堂書店)で刊行された。安吾研究家の浅子《あさご》逸男花園大学教授と文芸評論家七北《ななきた》数人氏に直筆と認められた。

わっ、アンゴさん! と激しく反応して読んだ。坂口安吾の署名がある生原稿が掲載されている。今回の本では使われる語句から便宜上『残酷な遊戯』とつけた。盛文堂の銘が入った原稿用紙で、安吾は一九三六年(三十歳)から一九四一年(三十五歳)ごろまで使っていた。四〇〇字詰め用紙で四十一枚、未完である。書き出しに「ある町で、美貌をうたはれた姉妹があつたが、妹が姉をピストルで射殺した事件」とある。

この姉妹の家の書生(私)の目で語られる。

美人姉妹の姉雪子は英文科を首席で卒業したほどの才媛で、妹の千鶴子は土地の女学校をお情《なさけ》で卒業した「美しい無」であった。雪子は、青山良夫という世間智にたけた男に心を惹かれるが、青山は妹の千鶴子と親しくなる。雪子は青山から借りた本を返すとき、一つの古歌をはさんだ。

聡明な娘が恋に狂って「燃えに燃えて恋は人みて知りぬべし嘆きをさへに添へて焚くかな」（定家作と伝えられる『松浦宮《まつらのみや》物語』）からとった。その話を青山から聞いた千鶴子は、雪子がいる前で「燃えに燃えちやつた」んだって……などとからかった。やがて青山は妹の千鶴子と結婚するが、雪子は落ちついたふりをして、全智全能をあげて陰謀を企てる。雪子、すてきですよ。

雪子の友人に河内信代というソプラノ歌手がいて、東京で子供を産んだ噂がある。信代が疲れきって、町へ帰ってきた。信代は三流の歌い手だが、これが悪い女でね。青山は信代の魔性にとらわれて、一年もたたないうちに千鶴子と離婚する。青山は信代のパトロンになる、と迫るが、信代は、土地の因業な富豪家大河原東吉と青山を天秤にかけている。

と、ここで、未完となる。渡る世間はやな女ばかり。で、一九四七年二月十八日から東京新聞に『花妖』という小説がはじまった。ここに登場する「陰性な情熱家」が同じく雪子である。雪子の父木村修一は法律事務所を経営して書生を住ませ、自分ひとりは防空壕に住んでいる。父には安吾じしんが投影されている。雪子は「燃えに燃えて……」という恋歌を書きぬいて、雑誌にはさんでいる。妹の節子はオチャッピィで、学校が焼け、家も焼けて木村一家は、工場も焼け、母の姉の家にころがりこんで暮らしていた。

節子は頭は悪いが社交の才気があった。家主の一人息子洋之助は雪子と結婚する筈だったが、妹の節子に心変わりしていく。ボンクラな洋之助に召集令状がきたので、花嫁が節子に変わった。

戦争は思いがけない結末をつげ、洋之助が復員してきた。祖国の壊滅を予期していた父修一は雪子のことを切なかろうと思う。この防空壕へ雪子を呼んで、身の廻りを見て貰おうとした。修一は半分ミイラになっていると自覚している（安吾も戦後、防空壕で暮らしたときがある）。

そこへ雪子が訪ねてきて、修一と同級生の井上英彦のメカケになると言う。さあ大変。

「私はオメカケが好き。なぜなら、オメカケの方、がお小遣ひがしぼれるものよ。さうでせう」

と話は予想外にドンドン進むのだが、二カ月で連載中止となった。安吾初の新聞小説で、岡本太郎の斬新な挿画で、はりきって書いていたのに、読者から「不道徳だ」という投書があいついだためという。

昭和二十二年（四十一歳）には代表作のひとつ『堕落論』が刊行され、安吾は戦後新文学の旗手として注目された。『堕落論』の「人間は堕ちる。義士も聖女も堕落する」という主張を小説として具体化したのが『花妖』であった。

しとやかなお嬢様の雪子が、世間擦れしてぐれていく姿に、安吾さんの『堕落論』が重なるのですが、現実の世間はそれを「不道徳だ」となじって連載中止となる。堕ちる聖女雪子のモデルは二十一歳で自殺した姪といわれる。安吾さんの恋人であった矢田津世子（三十六歳で死去）のイメージも重なる。雪子が、オメカケから娼婦まで堕落して、そこに新生する美しさを見出そうとした。

雪子という名は昭和九年（二十八歳）の戯曲「麓《ふもと》」にも登場し、春陽堂書店版では「雪子」さがしの作品群が収録されている。『花妖』が完成していれば安吾の代表作となっていたはずだが、中絶されたことで、かえって余韻が残る。

この年『桜の森の満開の下』や『青鬼の褌《ふんどし》を洗ふ女』（「週刊朝日」二十五周年記念号）をたてつづけに書き、梶三千代と知りあって結婚した。一躍流行作家となった安吾は原稿を書くため多量のヒロポン（覚醒剤）を常用し、四日間一睡もせずに執筆した。睡眠薬アドルムも飲むから、薬品中毒でぬきさしならぬ状態になる。アドルム乱用による酩酊状態が訪れるとはげしい幻聴となった。生死の境めで書かれた安吾小説は、純文学や推理小説やパロディ、ファルス（笑劇）と七変化し、物語の展開が早い。意図的に心理描写がはぶかれる。スピードがあって、心理のあやにかまっていない。人間の変貌、堕落、新生が「立て板に水」となってよどみなく語られる。

檀一雄さんに聞いた話だが『桜の森の満開の下』は雑誌「新潮」に掲載される予定だったが、名編集者Sから掲載を断られて返却され、「肉体」という三流雑誌へまわったという。

石神井公園近くにあった檀一雄邸には「安吾さんの部屋」という離れの家があった。昭和二十六年、国税庁に家財、蔵書、原稿料を差し押さえられた安吾さん（四十五歳）が身を寄せていた部屋である。檀さんの原稿執筆が遅れたときは、この離れに泊まって待った。磨赤兒や四谷シモンがおしかけたのもこの離れである。その後ブラジルから帰国した長男の檀太郎さん一家が住み、隣に檀ふみさんが住んでいたが、区画整理のため、とり壊されてしまった。

とはるか昔のことを思い出すうち、「安吾さんに化けた嵐山」事件を思い出した。

平成十三（二〇〇一）年八月十七・二十四日号の「週刊朝日」で「夢の職業」という企画があった。新幹線の運転士とかスチュワーデス、金魚売り、花売り娘、怪人二十面相、バレリーナ、宇宙飛行士など、やってみたかった職業がありますよね。その職業の人に扮して写真を撮った。

「コンセント抜いたか」は第二一四回めで、「坂口安吾になりたかった」と答えると「安吾は職業ではない、作家ですよ」と言われたが「いや、坂口安吾という職業になりたかった」と屁理屈をこね、「安吾の一人息子で写真家の坂口綱男さんに撮影して欲しい」と頼んだ。私は綱男さんの写真が好きで、太宰治の写真でおなじみの銀座五丁目のバー「ルパン」での撮影を依頼したことがあった。ＮＨＫテレビ番組で、綱男さんと一緒に群馬県桐生にある旧坂口安吾宅へ同行取材もしていた。

昭和二十七（一九五二）年に安吾は伊東より桐生の書上邸に移って『安吾捕物帖』や『信長』を書いていた。書上邸は元禄年間に建てられた堂々たる家構えでべらぼうに広い敷地のなかにあった。昭和二十八年、文藝春秋の企画（担当編集者は入社したての半藤一利氏）は、上杉謙信（坂口安吾）、武田信玄（檀一雄）という想定で川中島の決戦を再現、実地踏査する内容だった。檀一雄はその二年前、国税庁に追われる安吾を自宅の離れに匿《かくま》った。安吾は国税庁相手に「負ケラレマセン勝ツマデハ」を書き、『安吾捕物帖』印税を差し押さえられ、鬱屈した状態がつづいていた。取材中の安吾はアドルムとウイスキーに酔いしれて暴れまわり、松本市の留置場に勾留された。

その八月六日に長男綱男さんが誕生したことを知らされた。安吾は『人の子の親となりて』を雑誌「キング」に書いた。

「子供の成長に伴って、子に感謝したいような気持が深くなり、それまでと違った生活を送る日々」であったが、昭和三十年二月十七日、桐生の家で脳出血で急逝した。

安吾の有名な写真がある。安方町自宅二階の書斎で、原稿用紙や煙草などが散らかったなかで執筆する姿。撮影は林忠彦である。二年間ほど掃除をしていない部屋で、万年床の蒲団に腰をおろした安吾さんが睨みつけている。書斎は戦場であることを見せつけた。それと同じ状態で撮影してくれという図々しい注文であったが、築地にある朝日新聞本社和室に、机、蒲団、塵ひとつまで用意した。

安吾を模したカツラを用意し、口髭《くちひげ》をラテックスという肌カバーで隠し、イボを描きこみ、ダボシャツを皺苦茶にして上のボタンをひとつはずした。綱男さんは安吾愛用の丸眼鏡と大型ライターと原稿用紙を持参してきた。安吾が死ぬ寸前まで机の上に置いていた鳩居堂《きゅうきょどう》製用紙で、坂口安吾名が刻印されている。嗚呼《ああ》これが安吾さん最後の原稿用紙であったのかと胸がつまり、しばし瞑目《めいもく》して声も出なかった。

安吾さん愛用の丸眼鏡はすこぶる度が強く、ぶ厚いレンズをかけると奥の景色がぐらぐらと揺れた。颯爽とした綱男さんは物腰がやわらかく、悠々としたところが、安吾さんそっくり。といっても実物の安吾さんに会ったことはないので、綱男さんの気配から父上を感じる。綱男さんはこの年の八月六日に、安吾さんの生涯と同じ四十八歳になっていた。

五十九歳だった私は「既成の価値と権威を拒否し、生きること以外目算はない」という安吾流世間魂を真似してきた身であり、浪人のころは「堕ちるだけ堕ちよ」とばかり遊蕩していた。

綱男さんは、林忠彦はローライのフラッシュバルブで撮影したものと予測し、安吾所有のローライを使おうとしたが、カメラの調子が悪く、古カメラ、ブロニカの6×6を使った。

安吾さんの書斎は、妻三千代と暮らしはじめたころで、書斎の隣に三千代さんの部屋があり、だれひとりとして書斎への立ち入りは許されていなかった。安吾邸を訪れた林忠彦は、家に入るなり、三千代さんがとがめるのもきかず、ずかずかと安吾の書斎へ突入し、憮然として睨みつける安吾を「これだ！」と叫んで撮った最初の一枚であるという。その後、安吾は林忠彦を無視して黙々と原稿を執筆しつづけたと綱男さんが説明してくれた。

私は坂口安吾に訓導されて生きてきた者であるが、この写真を見て「これでいいのだ」と安堵し、わが書斎は散らかったままである。この写真は安吾ファン以外にもよく知られた一枚であった。

綱男さんは私に「カメラを睨みつけて、なんだこのやろ、という表情をせよ」と注文し、私も忍び難き気分だったが綱男さんを睨みつけた。

晴れがましきことこの上なく、緊張して、安吾さんの丸眼鏡をかけ、レンズの奥でライトの光がひび割れる恍惚感にひたった。

撮影後は、口髭を隠したラテックスをはがすのにひどく難儀し、はがしてなお口髭が固まり、上唇をバインダーではさまれるような痛さが残った。その後、別棟の風呂に入り、シャワーを浴びて、髪にスプレーした墨汁を洗い落とした。新聞社には、銭湯を思わせる大浴場があることに仰天した。

撮影後、編集部を訪れ、加藤明編集長、柘一郎編集局次長と立ち話で歓談して、お二人とも「安吾ファンであった」ということを知った。柘一郎氏は私に「コンセント抜いたか」の連載を命じた「恩ある編集長」である。綱男さんは、「この写真は戦後無頼派書斎のサンプルとなったが、写真が発表されてより、三千代さんが掃除をするようになり、安吾晩年の書斎は塵ひとつなくきれいになった」と述懐した。

綱男さんと連れだって行った桐生の名家書上門左衛門宅は、瓦屋根のついた門と白壁の塀に囲まれた家であったが、すでに無人で、ぼろぼろに崩れていた。

安吾と三千代夫人の骨は新潟市内にある「ふるさとは語ることなし」という安吾文学碑の下に埋められたという。新潟にあった広大な坂口家の地所はあとかたもなく、綱男さんの本籍地はわずかに残された坂口家の墓所であるという。

そのあと、新宿で痛飲し、わが生涯最高の日であった。しかし、最悪なる事件が私を待ち受けていた。

二〇〇一年のその夜、ビール五杯、焼酎七杯、ワイン三本を飲み、深夜一時に日個連タクシーに乗って坂口綱男氏を早稲田鶴巻町の自宅へ送り、幡ケ谷インターより中央高速に乗って、うとうとと眠りかけていた。で、十五分ほどたったころ、ドッカン、メリメリと衝突音がし、背中に稲妻状の閃光が走り、失神した。気がつくと救急車のなかで救急隊員より「お客さん、大丈夫ですか」と声をかけられて目玉をこじ開けられ、救急センターへ運ばれた。脳のＣＴスキャンやら胸骨レントゲン写真を撮影されるうち夜は白々とあけていった。

タクシー運転手も腰を打ち、検査を受けていた。あとでわかったことだが、永福町近くで無謀運転の後続車に追突されて、その車は高井戸インターより降りて逃走した。タクシー運転手は意識が薄れゆくなかで、無線連絡をした。日個連タクシー四台が当て逃げ車を取り囲んでつかまえ、そこへ連絡をうけたパトカーが到着して当て逃げ男を連行したという。あとで、パトカーの警察官が連行した運転手の免許証をコピーしたものを見せてくれた。二十六歳の若造の、その免許証顔写真に見入りつつ、骨の関節がグラグラした。

検査の結果、脳に異常はなかったが、医師よりの「このまま入院しますか」との懇切なるすすめを断って、首にムチ打ち症患者の輪をはめて、タクシーで帰宅した。綱男さんからいただいた安吾さんの原稿用紙一枚はボール紙にはさんで大きな封筒に入れてある。死んだかもしれぬ交通事故で一命をとりとめたのは、この原稿用紙が守ってくれたという気がした。タクシーの窓から青い空が見えた。自宅に着くとすぐ眠ってしまい、目がさめたのは午後五時であった。一日じゅう寝たきりで過ごし、翌日、近所の整形外科病院へ行って検査すると「一カ月の安静治療を要す」との診断書を手渡された。

戦時中、すべての友が疎開していった東京で、安吾ひとりは防空壕に暮らし、空襲の死を見つづけた。その間一髪《かんいっぱつ》の危険のなかで、「我々の独自性は健康である」と宣言した。坂口安吾には生と死のはざまをすりぬける生命力がある。イテテテテ、首から背骨に激痛が走るが、じっとして耐えるしかない。九月十一日、テレビニュースを見ていると、ニューヨークの世界貿易センタービルへ航空機が突入した。

眼を疑った。国際テロ組織「アルカイダ」によるハイジャックだとあとで知った。特別に空が青い日だった。貿易センタービル北棟に航空機が突っこみ、煙があがった。キーンというかん高い音がして、ビル南棟に二機めが突っこんだ。現実の事件とは思えなかった。ベッドから起きて、信じられない光景を見た。高層ビルがみるみる崩れ落ちていく。

その二年前、私は安西水丸とニューヨークへ行き、俳句吟行をした。「新NY者」というテレビ番組（フジテレビ）だった。すべての取材を一日ですます四泊五日の旅だった。水丸と私は五十七歳で、三十年前に水丸が住んでいたアパートを訪ねた。マンハッタンを歩きながら「寒暁のビルの石碑に下り立ちて」（嵐山）、「小雪舞うマンハッタンやはっか菓子」（水丸）などと吟行し、「ハドソンに女神飛び込む水の音」（嵐山）とふざけた句も詠んだ。

午後三時から、NYにあるコロンビア大学の「俳句ソサエティー」で、句会をした。

コロンビア大学はドナルド・キーン氏やサイデンステッカー氏を輩出した名門校で、日本文化研究で定評があり、十二人の俳人が出席した。アメリカ人はハイクが好きなんですよ。人気が高いのは山頭火で「まっすぐな道でさみしい」が知られている。「This straight road, full of loneliness」と訳されて、わかりやすく、みなさん暗記している。「フル・オブ・ロンリネス」というフレーズは、小林旭が歌う「さすらい」という曲に似ている。

エンパイアステートビルだろうがハンバーガーだろうが大統領官邸だろうが「フル・オブ・ロンリネス」と形容すれば句になってしまう。

句会に出席した人は、みなさん句集（英文）を刊行していて、手渡された。そのなかに、P・アルトマンという詩人がいた。世界貿易センタービル上階にオフィスがある会社の社長で、句集の「ブルースカイ」を開いて見せた。そこに「A bluesky, Trade Center Building, full of loneliness」の句があった。NYのトレードセンタービルにいるが、空があんまり青いので、私は孤独だ。アメリカは日本の文化と違うが「フル・オブ・ロンリネス」という孤独の世間相場は同じなんだな、と思った。

番組の構成は、英語句を日本語の句として短冊に筆ペンで書いて、渡す、というものだった。

「ブルースカイ、貿易センタービル、わたしはひとり」と訳して短冊に書くと氏家力《ちから》ディレクター（テレコムスタッフ）が「五七五俳句に訳せ」というので「蒼穹の高層ビルにわれひとり」と書いて渡した。水丸が「コドクって言葉にはドクが入ってるでしょ。だから小説家の荷風とか天才画家の国吉康雄とか野口英世とかじゃないとコドクと言っちゃいけないんですよ。コドクというのは自慢なんですよ。社長や大統領でもいいけど」と喘息声で言った。ソーホー地区でタクシーのイエローキャブに乗りながら「ひんやりとソーホー二番地三番地」（嵐山）と詠むと、水丸は「雪やみて荷風国吉ノグチかな」と披講した。

貿易センタービル南棟からオレンジ色の炎があがった。「フル・オブ・ロンリネス」と詠んだP・アルトマン氏の顔がよぎった。北棟ビルからは黒煙が長くたなびき、壁が崩れて青空へ散っていった。

テレビ画面を見ているときは、なんでこんな事件がおこっているのかわからなかった。道路に人々があふれて逃げまどっていた。ひたすら空が青い。坂口安吾がこの映像を見たらどう書いただろうか。あれからすでに二十年余がたち、水丸さんも他界した。いまもまた、空漠のなか。

牛乳屋の息子

「あのさ、芥川龍之介って牛乳屋の息子なんだよね。父は渋沢栄一経営の牛乳販売業耕牧舎《こうぼくしゃ》の支配人をしていた」

と南伸坊に電話すると、

「橋本治もそうだよ。牛乳を飲んで育った子は栄養がついて背が高くなり頭が良い」

とのことでした。

なんで電話したかというと、退屈だったから。あ、そうだ、もうひとつ、六月二十八日一時五分〜四十五分ＮＨＫラジオ深夜便（ラジオ文芸館）で嵐山作『芋粥《いもがゆ》』が朗読された。

二〇〇四年に書いた小説で『短編アンソロジー・味覚の冒険』（集英社文庫）に収録されている。平安朝食品という会社の課長（四十五歳）が、敦賀にある小料理屋へノコノコと出かけて行き、名物「芋粥」のだし汁（スープ）を盗もうとする。

その芋粥は悶絶するほど旨《うま》いという評判で、ひと口すすれば脳味噌がくすぐられ、二口で血がグツグツと沸騰して、喉がうちふるえ、舌が踊りだす。食べ終わったとき噫《おくび》（げっぷ）が出て、その噫がうまい。妖怪卍固《まんじがため》ですな。

これは谷崎潤一郎の小説『美食倶楽部』に出てくる中国料理である。

NHKラジオからの連絡に『芋粥』と書いてあったので、てっきり『文人悪食』（新潮文庫）の芥川龍之介「芋粥」の項だと思いこんでいた。

いずれにせよ芥川の名作『芋粥』にちなんだ小説でありました。谷崎は大学の後輩の芥川をいびりつづけた論敵だった。

芥川は辰年辰月辰日の辰刻に生まれたので龍之介と命名された。生後八カ月で母フクが精神に異常をきたし、フクの兄芥川道章《どうしょう》に預けられた。十歳で実母が没し、芥川家と養子縁組を結んだ。

一高の同級生に菊池寛《かん》、松岡譲《ゆずる》、山本有三、恒藤恭《つねとうきょう》がいて、成績優秀で東京大学英文科に推薦入学し、漱石の木曜会門下生となった。

生家の牛乳を飲んだのは八カ月間で、牛乳効果の真偽はわからぬものの、「新小説」に書いた『芋粥』が漱石に絶賛され、一躍人気作家になった。

『芋粥』は平安朝の「某《なにがし》と云ふ五位」の男の物語である。この男は芋粥を腹いっぱい食べることを唯一の望みとしていたが、藤原利仁《としひと》という男がその願いをかなえてくれる。ところが芋粥を食べて、うんざりとする幻滅を味わう。話の筋は中学生のころ教科書で読んだ。

人生の極意を説く寓話《ぐうわ》という感じがあって、老成した教訓が鼻につく。いかにも教科書むきの作品だ。東大の優秀学生が、漱石先生に誉められて、けっこうでござんすねえ、という嫉妬にとらわれていたが、もう一度読みなおしてみると、私の思いこみはとんでもない間違いであることがわかった。これは「飽食を強要される恐怖」で、いまテレビでやっている大食い芸の愚を予見している。絶望の小説なのである。

芥川は二十五歳で花形作家になり、三十五歳で自殺した。

英文原書を片っぱしから読みこなし、日本の古典、漢籍に詳しく、しかも秀麗なる美男。漱石は芥川を絶賛した直後に死去した。

芥川は遺書のなかで、自殺する動機を「何か僕の将来に対する唯《ただ》ぼんやりした不安である」と書いている。その「不安」の闇の構造が『芋粥』のなかにあるのだった。「ぼんやりした不安」はコロナウイルス禍中にあるいまの時代に共通する。神経衰弱、胃アトニー、狭心症、胃酸過多、痔《じ》、腸の不調という病気をかかえていた。自殺寸前に書かれた『歯車』に出てくる幻視は、「閃輝暗点《せんきあんてん》」という眼の病気である。眼科医の診断で「精神病とはなんら関係のない別個なもの」とされた。芥川は目の前に見える半透明の歯車を、精神病の予兆と勘違いした。

精神病がもっぱら遺伝によると考えられていた時代であったから、実母と同じ病気になることを極度に怖れていた。

二十九歳のとき、上海《シャンハイ》へ行き、到着そうそう乾性助膜炎を患《わずら》い、三週間入院し、退院後は北方へ四カ月間の旅をした。『上海游記《ゆうき》』によると、不眠と神経症に悩まされ、毎晩欠かさず睡眠薬を飲んだ。ロンドン留学中の漱石と同じであった。

芥川が書いた『芋粥』の話は『宇治拾遺』に出てくる。ヤマイモの皮をむいて薄く切り、味煎《みせん》（アマズラの煎じ汁）を入れた白粥に炊きまぜる。アマズラは深山に自生する葛《くず》の一種で、喬木にからんだ蔓《つる》を切断して容器をつけて採取する。蜜のように甘いので、砂糖以前の甘味料として用いられた。平安時代は宮中で読経をするとき、僧にアマズラ入りの煎茶をふるまった、という。

それほどうまそうには思えないが、味覚は時代とともに変化する。芥川家では正月四日にとろろを食べるしきたりがあったが、舌の感触と、とろろという語感が嫌いだった。甘いとろろ汁なんてのは、まったく、うまそうじゃないしね。

また、羊羹という文字を見て「なんだか毛が生えている気がして怖い」と気味悪がった。

私は「羊羹にはなぜ羊という漢字が入っているのか」を調べるために中国雲南省まで調査（テレビ番組）に行った。羹《あつもの》は羊のシャブシャブで、日本へ到来した時代は肉食禁忌だったのでいまの羊羹に変質した。

芥川は生涯に六〇〇句を作ったが、よく知られた句に「木がらしや目刺《めざし》にのこる海のいろ」（『澄江堂句集』）がある。大正七年（二十六歳）の自信作。怖い句である。芥川にとって海はひからびた目刺の上に横たわり、さらされている。いわしを食べるたびにこの句が頭に浮かぶ。この句の一年前、一高同級生の恒藤恭へ宛てた手紙に「魚の目を箸《はし》でつつくや冴返る」があり、煮魚の目玉を齧りながら、自分の死を予感している。目玉を食う、という領域へ入りこむ畏怖《いふ》と欲望。

「芥川はじつは牛乳嫌いだったんだから。『大導寺信輔の半生』という小説にその話が出てきますよ」と仲坊に講釈した。

PART4

「世間」を味わいつくす

プツンと一軒家の世間

ひとり旅が苦手である。辺境の地を廻ってやたらと旅行記を書いてきた身であるけれど、いつもだれかと一緒だった。盛り場があればすたれ場があり、どちらかというと、すたれ場のほうがよく、古人は忘れられた旧跡や歌枕を捜す旅をしてきた。

栄枯盛衰は時の流れで、無常迅速の世間を流浪する。

「どこか遠くへ行きたい」という気分で旅に出るのだが、やってみるとひとり旅はせつないもんでね。山奥に入りこむと、道に迷って生き倒れて死ぬ危険がある。芭蕉さんは『野ざらし紀行』では門人千里《ちり》（大和の人）を連れて東海道を通って、名古屋へ向かった。旅立ちにあたって、

野ざらしを心に風のしむ身かな

と詠んだ。「野ざらし」とは骸骨である。死んだ母（伊賀上野）の墓参りをする帰郷だった。江戸大火のおりに流された焼死体の髑髏が芭蕉庵近くの隅田川の川っぷち

にさらされたままだ。無常の世間を確認して、野ざらしになることを覚悟した。それを俳諧にするタイトルである。吉川神道《きっかわしんとう》の神官で幕府に通じている曾良《そら》や本所定林寺住職宗波《そうは》（水雲の僧）を伴って『鹿島詣《かしまもうで》』をした。また、流罪となった杜国《とこく》（名古屋の米商人・万菊丸）を連れて『笈《おい》の小《こ》文《ぶみ》』というお忍びの旅をした。杜国は美形俳人でなかば「駆け落ちの旅」であった。

木曾山中の中仙道（『更科紀行』）は弟子の越人《えつじん》を連れ、『おくのほそ道』では再び曾良が同行した。どの旅にも一緒に同行する弟子がいた。日本の古典紀行文学は、ほとんど同行者がいる。同行する友人・弟子と語りあうことによって、旅の知見がリアルに再現される。

ヤジさんキタさんでおなじみの『東海道中膝栗毛《ひざくりげ》』は旦那の弥次郎兵衛がゲイの喜多八を連れて滑稽な旅をする道中記である。ひとり旅といえば深編笠をかぶって尺八を吹いて歩く虚無僧が思いあたる。その実態は間諜（スパイ）である。身を隠して、夜陰にまぎれて、目立たぬように移動する世間僧で、これを紀行に書くわけにはいかない。出家しても戒律は守らず、ひたすら情報をさぐる。

私の二十歳の旅は北海道知床半島の山の湯にはじまった。羅臼岳山中の樹海にある温泉につかって、カムイワッカ湯の滝に落ちて死にそこなった。そのまま岩手県の寺へ行き、どこかの山の湯守《ゆもり》でもやろうと考えていた。

心配した友人がやってきて連れ戻してくれたからよかったものの、いまでも同年代の湯守に会うと「ああ、この人は私だったかもしれない」と思う。

深山幽谷にある温泉宿の湯守は、黙して語らぬものの、話しだせば私なんぞよりずっと危険な体験をしている。そのころは命がけの覚悟が必要だったろう。電気はなく、熊は出てくるし、台風がくれば川は増水して宿が流れることもある。

露天風呂に雪が舞う。ざーっと舞う。渓流から吹きつける風が粉雪を舞いあげ、雲海に見える。ナーンニモ考えない。すっぽりと雪に包まれた谷間から、透明な湯がさわさわと湧いている。自分のカラダが周囲の風景と一体化していく。雪が降りそそぐので顔を冷気がつつみ、尻のあたりに谷川の冷水がしみこんでくる。そうこうするうちに、すぐ横の女性露天風呂から、ワーッという歓声があがった。カモシカの親子連れが雪山を降りてきた。露天風呂の上にある岩場がカモシカの棲家なのだ。ワーッと歓声をあげた女子たちは私と同行した温泉友だちで、二十年前にはそういうこともありました。

うっかりひとりで山の湯に泊まるとビール一本飲むのに時間がかかり、部屋のテレビでプロ野球中継を見てもつまらない。そのことを南伸坊に話すと「赤瀬川原平さんもそうで、ひとりだと冗談を言う相手がないんだよ」とのことだった。

日曜日の夜、「ポツンと一軒家」というテレビ番組（テレ朝系）があり、食いいるように見てしまう。山奥の森のなかにある一軒家を訪ねて、どんな人が住んでいるのかを紹介する。偉いもんだなあ、と仰天するばかりだ。山奥にひとり暮らしするなんてことは私にはできない。退屈して、頭が変になりそうだ。ひとり暮らしの山中には世間がないんですよ。他者との関係のなかで生きてきたからね。朝起きて「おはよう」という相手がいない。人と会って「こんにちは」と会話もしない。旧友に「ごぶさたしておりますが、その後どのようにお過ごしですか」と手紙を書いてもポストがない。そんな生活はムリムリムリムリ。長野県山中の国有林を借地してログハウスを建てて三十年になるが、ひとりで泊まるのが怖い。

夜の森は闇の中の闇で、マックラですよ。隣の家の窓に灯がついているとほっとするが、シーンという音がするもんね。テレビをつけてニュースを見て、ＣＤをガンガン鳴らして恐怖をおさえるのです。浅間山が噴火した夜は、ゴゴゴゴゴッと地ひびきがするし、灰は降るし、タクシーを呼んで逃げたくなる。

山小屋の周辺には何軒かの家があるが、けっこう離れているから、雨戸を閉めてじっとしている。

ポッンじゃなくて「プッンと一軒家」。ムカシ、山奥に住んでいたのは借金に追われる詐欺師、人さらい、柔術修行僧、地下組織革命団、オカルト教団、魔女、猿飛佐助、中里介山（小説家）、脱獄囚、祈禱師、山賊、魔術師などと怪しい一味だった。

岩手県の山の湯で、大雪が降って道路が封鎖され、三日間閉じこめられたことがあった。毎日芋汁ばかり食べさせられて閉口したが、果実酒をふるまう中年紳士がいた。革製のリュックサックから梅酒やクコ酒、野草酒、といった薬用酒の小瓶をとり出して客に飲め飲めとすすめた。果実酒を作るのが趣味だという。にこやかな人で、三日目にようやく開通してもよりの駅に着くと、新聞にその人の顔写真が掲載されていた。現金一億円を盗んで、リュックにつめて指名手配されていた犯人だった。せっかく大金を手に入れたのだから高級温泉ホテルで豪遊すればよかったのに、安宿に泊まって出会った客（私）に果実酒をふるまった。

陶淵明《とうえんめい》は県の知事をしていたが、郡からの行政査察官がきたとき「礼装して会え」と言われたのに腹をたてて辞職した。文名が高く、郡の長官が訪ねてくると弦のはってない琴を鳴らして酒を飲んだ。菊の花を杯に浮かべて飲んで酔ってさっさと寝てしまった。友人がつぎつぎと酒を届けにきて、そのたびに飲む。田園生活を題材とした平明な詩風で名を知られる。田園詩人というゼイタクにだれもがあこがれるが、「ポツンと一軒家」ではない。

高名な詩人や画家、音楽家が、世間の喧噪をさけて、山の一軒家に棲む時代があった。「帰去来辞」を書いて故郷の田園に隠棲した陶淵明にあこがれる人もいるが、陶淵明は家族や使用人などと一緒の隠遁だった。ポツンと一軒家でひとり暮らしするのは夫が没したお婆さんとか、アウトドア志向の達人とか、近所の人々が引越してしまったとか、なりゆきでそうなった人など、いろいろいらっしゃる。

私が東京都下の枯野に建つあばら家へ越してきたのは七歳のときで、七十余年がたった。家の横に吟風荘《ぎんぷうそう》という三千坪ほどの森があった。栗や松や山桜や楓《かえで》などさまざまな古木が繁る武蔵野原野で、キツネやイタチが棲む森へ忍びこんで、栗の実を拾った。そこがいつのまにか宅地造成地となり、兵陵沿いに住宅が建った。小学生時代の秘密の森が消えても雑木林が残っていたのに、そこも宅地となった。樹々の繁みに隠れ道があり、金網を破って栗林を歩いて古井戸の水を汲むと、フクロウの巣があり、笹のあいだから雉が飛び出す。雉を追って青大将がするすると這い出すシーンが、いまも夢に出てくる。かつては「ポツンと一軒家」状態だったが、いまは新築の建売住宅に囲まれた蜘蛛の巣状態の陋屋《ろうおく》となりました。プッツン。

暮れていく世間

一〇四歳の老母ヨシ子さんが、診療所の先生の診断で立川相互病院へ入院することになった。さあ大変。車椅子ごと介護タクシーに乗せて、病院入口まで運んで手続きをした。コロナのため、そのあと、付き添いはできない。

ヨシ子さんのふくらはぎがぱんぱんにふくれて、丸太のようになった。マッサージや半身浴をしても、ひんやりと冷たい。血液やリンパ液が循環せず、下肢にたまってしまう。

利尿剤などの薬を三種飲むのだが、副作用があって、腎臓に悪い。寝ているともとに戻るものの、目がさめるとベッドに腰かけるため、下肢に水分がたまる。

ヨシ子さんはふたりきょうだいで兄文男さんが医者だったから、医者扱いになれている。

躯に異状を感じるとすぐ看護師を呼んでスマホで写真を撮り、診療所の先生に写真を転送して処方箋を書いて貰う。それをもとに市内のプラザ薬局に電話して薬が届けられる。薬が届くのを待ちきれず、「おまえが行って薬を持ってこい」と命じられた。

五年前から、隣接するヨシ子さんの家の二階で仕事をするようになった。そのため神楽坂の仕事部屋へ行けなくなった。終わるのは午前四時ごろで、昼夜逆転の日々がつづく。階段を降りていくと、ヨシ子さんの寝室からラジオ深夜放送の大きな音が聞こえる。ドア越しに音楽がガンガン流れてきて、街宣車のようだ。ドアを開けて覗き見ると、口を半分開けて眠っている。死んでいるのではないか、と不安になって近づくと呼吸をしていた。ラジオのスイッチを切ってドアをそっと閉めた。

翌日の昼、「おまえが部屋のドアを開けっぱなしにしたので寝室が寒くなり、風邪をひきそうだ」と叱られた。

ヨシ子さんは腰は曲がり、耳は遠いけれども、各種の薬を飲み、ユーラユラと風船のように揺れて、部屋のガラス戸を開けて、鉢植えの花に水をやる。小さなペットボトル一ダースぶんにヘルパーさんが水を入れておいてくれる。生きていくかたくなな意志がある。

「生きているかどうか心配になったよ」と言うと「そんな簡単に死ねませんよ。死ぬには念力がいる」と言い返されて、ダアとなった。

ヨシ子さんは大正六年生まれで、六歳のときに実母モトさんをチブスで喪《うしな》った。チブスにかかった兄文男さんを看病しているとき、伝染して没した。文男兄さんとともに、浜松市中ノ町で村長をしている叔父石垣清一郎にひきとられた。茶の間の棚の上にモトさんの遺影が飾ってあり、マッチ箱ほどの小さな像は、ぼやけてよく見えない。実母の記憶は「母の日の星まだたきて闇に消ゆ」というヨシ子さんの句の中だけにある。

「モトさんが三十歳で亡くなったから、そのぶんヨシ子さんが長生きするよ」

と言うと、うん、とうなずいて目を細め、遠くを見つめている。

モトさんが亡くなったのは大正十二年で、その年に関東大震災がおきた。畳の上で人形遊びをしていると、グラグラと揺れた。家から外へ飛び出すと電柱が傾き、電線が縄跳びの縄みたいに廻っていたという。相模トラフ沿いの断層を震源とする地震は、浜松市の天竜川沿いにある中ノ町まで及んだ。旧東海道の道にへたりこんだ老人が震えながら「南無阿弥陀仏」と唱えていた。ヨシ子さんはしっかり記憶している。

父のノブちゃんが没して二十年たち、ヨシ子さんはノブちゃんの仏壇へ夕食用に届けられた弁当を供える。父は偏屈でヨシ子さんに威張りちらしていた。外づらはいいのに家の中では暴君だった。徴兵され戦地へ送られた父の世代はそろって不機嫌だった。ヨシ子さんは父の理不尽なふるまいをあれやこれやと語るが、強情なヨシ子さんを見ると、ノブちゃんもさぞかし手を焼いていただろう、と思う。

入院した日の夜、担当医から電話があり、「心臓の検査をした結果、輸血に耐えられます」と説明された。高齢者は、血管が細いため、時間をかけてゆっくりと輸血する。

ヨシ子さんは、百歳のとき立川相互病院に十日間入院した。それが生まれてはじめての入院で、「念願がかなった」と喜んでいた。医師や看護師が親切で、ミルミル下肢のむくみはとれた。そのとき病院のベッドで頭に浮かんだのは、

足いため百歳の春ひとやすみ

という句だった。

今回は六泊七日で、血色がよくなって退院した。どうでしたか？　と訊くと、「はいはい、いつもお世話になっております」と言った。手紙の巻頭に使う言葉である。

私は「お世話になる」というフレーズが苦手で「べつに世話をしているつもりはない」と思う。挨拶なら、もっとほかの言葉を使いなさいよ、と思うが、「この言葉は世間語」であると気づいた。とりあえず、「お世話になる」と切り出すのが世間なのです。「今後ともよろしくお願いします」とか「こちらこそ」と答えるのもすべて世

間用語。「お手数をかけました」なども外国では使わない言い方だ。まあヨシ子さんがそう言うのだから、「はい〳〵」とうけながす。やや？　呆けてきたか？　と不安になったが、夕食用に用意したウナ丼をペロリと食べた。食欲旺盛である。

ヨシ子さんには同世代の友人が三人いて、月に一度駅裏の天ぷら屋に集まっていたが、百歳になると食べ残して持ち帰る人がふえた。少食となると、みんなパタリと死んだ。という話を何回も聴いている。同じ話をくりかえして聴くのです。

病院では看護師さんが親切にしてくれたが、そういう話をする相手がいない。ぼーっとして、おおらかになった。

ヨシ子さんの入院翌日から、長野県の山小屋へ行った。コロナのため一年半行ってなかった。枯葉がベランダや樋《とい》にたまり、部屋にはコオロギや虫の死骸がある。雨戸を開けて掃除するだけで一日が終わる。

その翌日は、軽井沢在住の高平哲郎氏と、蕎麦屋川上庵へ行き、すくい豆腐、野沢菜、鴨焼き、信州豚のタン塩焼きで一杯やり、シメは鴨せいろ。高平さんはタモリの「笑っていいとも！」の構成作家で、一昨年は大阪城公園のなかにできた新劇場でダンスショー「ＫＥＲＥＮ」の演出をしていた。

きっぷがよかった高平尚子《なおこ》夫人は三年前に逝去された。高平さんの友人サイトウさん（クルマ運転）は横尾忠則氏にそっくりな顔の写真家である。

東京から外へ出るのも一年半ぶりで、旧友と逢って食事をすることが楽しくウキウキした。友人がバタバタ死んでいくので、生きている友は貴重である。しかしトンボ帰りで自宅へ戻った。

退院後、ヨシ子さんは三日間はぼんやりとしていたが、五日めは調子を取り戻して威張るようになりました。

国立の大学通りの菜の花が一斉に散りはじめ、ひっそりと春が暮れていく。今度の入院で詠んだ句

初めての入院七日春の空

と鉛筆で書いた薄紙を渡された。「初めて」ではないが本人はそう思っているらしい。

ピアニストの世間

ＮＨＫ・ＢＳプレミアムで「パリは未だ燃えているか」という旅番組を見た。旅するのは作曲家でピアニストの加古隆。二〇一三年に放送した番組の再放送だった。一九七三年、加古氏はパリ国立高等音楽院で学んでいた。それから四十年がたち、パリを旅し、旧友と逢い、若い学生たちに「パリは燃えているか」の演奏指導をする。

一九七三年は石油ショックにより大きな変動がおこった。日本は十年余つづいていた高度成長に急ブレーキがかけられた。町からネオンが消えて、ＮＨＫは午後十一時で放送を終了した。一ドル二七一円でしたからね、海外旅行は金がかかった。

「パリは燃えているか」はＮＨＫ「映像の世紀」のテーマ曲で、タタタターンというリズムが耳にしみついている。モジャモジャの髪の上に黒いパナマ帽（と察する）をかぶった加古氏がパリの古い市街を歩く姿がダンディーで、スマート。

加古隆アンソロジーのＣＤを聴いてしんみりしていると、町内のシューちゃんから立川ステージガーデンで加古隆ピアノコンサートが開催されるから「行きますか?」と聞かれ、はいはいはい、とすっとんで行きましたよ。正確には三組のピアニストの競演で、午後二時から五時までだった。

第一部は盲目のピアニスト辻井伸行。カーネギーホールやベルリン・ドイツ響、パリ・シャンゼリゼのリサイタルで絶賛された国際的ピアニストである。一曲めは「笑顔で会える日のために」。最初の一音の雫《しずく》から心に沁みた。しびれました。静かな静かな音。吸いこまれるように深い森のなかへ連れていかれた。

一曲終わると立ちあがって「早くコロナ禍が終わりますように」と笑顔で挨拶した。みんなしんみりと聴いている。

二曲めはガーシュインの「ラプソディ・イン・ブルー」。音が跳ねて、タララッタ、ピンポンパン。演奏する後ろ姿やピアノの鍵盤を俯瞰する映像が、背景のスクリーンに映し出される。新しく完成した立川ステージガーデンは、あらゆる装置が斬新だ。三曲めはリストの「ラ・カンパネラ」で、変幻自在。甘く哀しく、川の流れのようだ。ピアノの魔術師ですね。呆然として聴きほれるうちに終了して、アンコールはドビュッシーの「月の光」。天から月光が降ってきた。純化した透明の音に、涙ぼろぼろです。骨も心も浄化されたところで、加古隆が登場しました。

広いステージにピアノが三台置かれ、辻井氏用スタインウェイは後方に移動した。黒帽子に白い絹のタートルネックシャツに身を包んで、一曲めは「ジブラルタルの風」。アフリカ大陸につながる地中海のジブラルタル海峡。ヨーロッパの果てを旅する男に海峡の風が吹きつける。渋いです。加古調の翳りがセクシーで、「哀愁の海に風が吹く」のだ。はるか昔のなつかしい思い出が語りかけてくる。一九七三年は、不肖私も会社を長期ズル休みして、スペインのマラガ港からモロッコのタンジールまで船に乗って「ジブラルタルの風」に吹かれた。

躯がジンジン熱くなる。ムカシがよかった。若いころからムカシが好きで、「未来」という言葉が苦手だった。年をとるたびに、ムカシへ、ムカシへと恋いこがれる性分であった。さて二曲めは「白い巨塔」。フジテレビのドラマ（二〇〇三〜〇四）のメインテーマ曲。大学病院で野望に生きる医師の運命やいかに。

加古氏は五木寛之原作「大河の一滴」や小川洋子原作「博士の愛した数式」など、映画のテーマ曲も作っている。

二曲演奏したあとようやく、「こんにちは」と挨拶した。一階二階三階席から割れんばかりの拍手。客席奥の壁一面が開かれて、野外立見席（無料）には三百人ほどがいた。そこから外光が差しこみ、外の風がビュービュー吹いてきた。換気が完全。

で、三曲めは、待ってました！　組曲「映像の世紀」。タタタターン、となじみある曲が、やわらかく優しく、客の肩に手をかける。これもムカシだ。生きる力が背骨に伝わってくる。しびれる。揺れる。泣けて泣けて、年をとると、困ったね、どうも。

一呼吸おいて力強いリズムが、胸をキックしてきた。ドンガ、ドンガ、ダンダーン。細い指に力がみなぎり、背景のスクリーンに指のアップが映った。立川ステージガーデンは、音響効果が抜群によく、演奏者の映像を舞台上のスクリーンに立体的に再現する。精魂こめた演奏で、耳が痙攣して、固唾《かたず》を呑んだ。ガガガガ、ダーン、ダーン、息がとまりそうな迫力。音の荒波をおさめて、指が鍵盤を慰撫する。風が流れて、メロディーは渦を巻き、立見席から天空へ舞い戻っていくのでした。

びっくり仰天で生き返りました。声は出せないから、マスクを嚙みしめて、手が赤くなるほど拍手した。アンコール曲はイングランド民謡「美しい自然の情景」。眼鏡がきらっと光って、恍惚のうちに思い出がつぶやき、二十分の休憩。

立見席まで階段を登っていくと、石段の奥は樹々に囲まれた芝生の丘で、大型スクリーンに演奏が中継されていた。これがステージガーデンの由来だ。

第三部は、レ・フレールという斎藤守也《もりや》（兄）と圭土《けいと》（弟）のピアノデュオ。

「レ・フレール」（フランス語で兄弟）は、二〇〇二年、出身地・横須賀でデビューした。一台のピアノを二人で演奏するスタイル（一台四手連弾）。

黒マスクで茶色のチョッキを着て全力演奏して、パワフルだ。辻井伸行と加古隆が内向ストイック系であるのに対してライブ・パフォーマンス性が強い。一曲めは「サムライ・ファンキー」だぜ。二刀流の宮本武蔵が二人で暴れてジャズの旋律でむかってくるんだから。軽快で力強くスピーディー。

二曲め「マスカラード」は音がはじけて、踊りたくなった。三曲めは子どもたちへの「フォー・キッズ」。アンコールは、「オニヴァ」（行こう！）で聞き覚えのあるリズムをアレンジしている。隣席の高齢女子たちは肩を揺らして手拍子で大喜びでした。

最後は、辻井伸行、加古隆と、四人が三台のピアノで合奏して、アンコール、アンコールのくり返しだった。ドカーンと、はまりましたよ。

立川といえば米軍基地と風俗営業とバラック映画街の町であった。それはそれで刺激的な町だったが、こんなステージ・ガーデンが出きた。「いつまでも立川を田舎と思うなよ」という気分になったが、出きたとたんにムカシへムカシへむかっていく。なつかしい音楽を聴いて、心に音楽のくさびをうちこまなければ人間は生きていけません。生きていくパワーをいただきました。ピアニストは凄い！　と唸った。

二十一歳の『世間胸算用』

二十一歳になったころ、自分をとりまく圏内から逃れようと思いたち、浅草の寺の離れ（庫裡）へ下宿することにした。いつまでもノーテンキな学生でいることにあきてきた。大学を卒業して、別の世間へ足を踏みこもうと思った。下見のため、立ち飲み屋でコップ酒をあおって、両国駅へ行った。駅前の通りを進むと回向院《えこういん》があった。回向院は明暦三（一六五七）年大火の死者を弔うために作られ、寄付相撲つまり勧進相撲は回向院境内で開かれていた。旧国技館ができるまでの七十六年間は回向院境内が大相撲の開催地であった。境内には歴代力士の霊を祀る力塚が建っている。そのほか山東京伝《さんとうきょうでん》（戯作者）はじめ鼠小僧《ねずみこぞう》の墓があり、金運のお守りになるとかで墓石がけずられて、そこらじゅうが欠けていた。猫塚もあって、いろんな幽霊が昼間から宴会をしている。

父ノブちゃんと祖父学《まなぶ》（株屋）は本所（両国）区緑町生まれで、菩提寺は浅草言問《こととい》橋のさきにある。隅田川を渡ると、びゅうと川風が吹きつけて帽子が飛ばされそうになった。川面はしわくちゃに波うち、ダルマ船が波しぶきをあげて通りぬけていく。ゆりかもめの群れが飛んでいく。大型トラックが通るたび、両国橋がぶるんぶるんと小きざみに揺れた。橋の向こう側には「なにか別の妖しい世間」がある、という予感がした。祖父は小規模の証券会社を経営していたが、破産した。父の写真帖には大正時代の屋敷の写真が残っている。道路沿いにある本所の家の前に立派な人力車が止っている。祖父は株屋として財をなしたが、一夜にして破産したため、辛酸を嘗めた。どこの家にも伝えられる「昔はお金持だった」伝説がわが家にもあるのだった。祖父の漢詩を小屛風仕立てにしたものがある。その小屛風には隅田川の水が流れている。ノブちゃんが没したとき、誕生地（本所区）の戸籍原本の写しを請求すると「戦災のため不明」という印を押した紙切れ一枚が送られてきた。隅田川の岸辺には、ややこしく波うつ「世間」があり、それに触れてみたい、という誘惑。

吾妻橋から言問橋までの土堤は墓参り道であった。萩の花咲くいい寺で、橋のたもとにある団子屋で団子を食べた。祖父学さんの話は一種の禁話で闇の中に葬られ、孫の私には伝えられなかった。

道路下のトンネルをくぐると、コンクリート壁にスプレーで「復讐」と書いてあった。

昼から飲みはじめ、昼食をドコニシヨウカナ、と迷った。リスボンの洋食にするかヨシカミにするか。ヨシカミのJ字型のカウンターに座って、ビールとカツサンドを注文した。ミミを切ったトーストパンの間にぶ厚いカツ。つけあわせのジャガイモサラダ。食べてから店の外に出ると映画館東京クラブのジャバラ風の屋根が見えた。カマボコ型というかセミの腹というか、音響効果を考えた独特の構造だった。怪人二十面相の秘密砦といった感じの東京クラブは、活動写真館といったほうが似合う。

古色蒼然とした東京クラブ、常盤座、浅草ロキシーの三館はつながっていて、常盤座の屋根はデボラ・カーの帽子のような曲線で、浅草ロキシーはスペインの古城に似ていた。人形店、提灯店、鍋屋、煎餅屋が並ぶ六区の奥にある路地の迷宮に足を踏み入れてみたかった。

浅草寺本堂の天井には堂本印象作の飛天が描かれている。一見すると「下品な女」だが、足の指が無骨で淫乱の相があり、私が好きなタイプだ。

下宿した寺の住職を紹介してくれたのは二歳上の松尾君という雑誌編集者だった。新宿で開かれた「ノックの会」という秘密交友会で知りあった。変装魔の唐十郎《なり》（明治大学の学生）とはじめて会ったのもこの会で、黒マントに身を包んで独眼の姿で、地下足袋をはいてやってきた。紙芝居の絵から飛び出したような美青年で、瞳がビーダマみたいに光っていた。

借りた部屋は墓場の掃除具倉庫をかねた二階建てで、二階には日に焼けて赤茶けた畳が敷かれていた。夕方になると墓場沿いの障子にあかあかと西日が差しこんだ。ナニカアル……。ぎしぎしと音をきしませて二階へ上ると古い仏画がかけられ、行灯《あんどん》と燭台があった。灯をともすと、羅漢《らかん》、比丘尼《びくに》、優婆夷《うばい》、象、の仏画に囲まれていた。

風変わりな住職は口数は少ないが声に艶《つや》があり、澁澤龍彦のファンだという。小説家で、松尾君の雑誌の常連筆者だった。私も大矢主水《だいやもんど》という変な筆名で、当世女子学生風俗記事を書いていた。

住職は黒塗りの木箱から白い碗を取り出して、酒をつぎ「飲め」とすすめた。白磁の頭蓋骨（されこうべ）だった。

二階の部屋の奥が万年床であったが、壁に書棚があって、家庭医学、職業別電話帳、『アラビアン・ナイト』のほか寺院経営の雑誌がさしこんであった。棚が空いているので読みかけのジュネ『泥棒日記』、ラディゲ『肉体の悪魔』、『夢占い事典』などをさしこんだ。

以後、松尾君や唐十郎とは長いつきあいとなったが、週に一回、女性モデルを連れてきて、雑誌に掲載する写真を撮った。松尾君が編集するのはヌード写真満載の実話情報系雑誌だった。たんたんとした撮影で、女性を縛るプロの緊縛師が加わって二時間ほどで終わった。はーい、苦しそうな顔をしてね、カシャリ、もっと歯をくいしばって、カシャリ、そうそういいねえ。口をひらいて、気絶したふり、カシャリ。はい、ちょっと休みましょう。と終わったから、せっかくエロなのに興奮できないのが物足りなかった。スタジオっぽく撮ると読者が欲情しないので、モデルの横にバナナやアンパンを置いて、「おピンクの日常性」とか難しいことを言った。

モデルさんは性格が明るい人で、撮影終了後は近くの食堂で一緒にギョウザ定食を食べ、夜の墓場へ行って線香花火をした。ねずみ花火もやった。

庫裡にある本棚に岩波版『日本古典文学大系』の西鶴『好色一代男』『好色五人女』『世間胸算用《むなざんよう》』と『芭蕉句集』も持ちこんだ。じつは卒業論文で「江戸町衆の世間」という論文を書くつもりだった。浅草の暗がりにある寺の古机で文士気分になって卒論を書いた。

そのころ私が通っていた国學院大学は、明治十五年創立の皇典講究所がはじまりで、国学系学生養成機関だった。地方各地からきた純情可憐なる娘たちと、剛毅木訥で無骨な男子が、渾然一体となって学んでいた。

民俗学を国文学に導入した折口信夫の高弟である岡野弘彦先生はじめ、金田一京助、吉田健一、久松潜一、丸谷才一、ほか安東次男、菅野昭正、種村季弘といった豪華道楽系学者が勢揃いして、ゼミのあと渋谷の安バーでハイボールをごちそうしてくれた。

私と同学年には角川春樹氏がいて、ボクシング部のボスとして君臨し、太古の霊波を放っていた。一九六二年の学生自治会は過激派の革マル系が席巻し、国粋運動部学生との乱闘がたえず、旧式大講堂での学生総会は一触即発の危機に満ちていた。で、数百名の各セクトが集結する学生総会の議長は私であった。左右両派から指名されてそうなった。国粋系が棍棒を持ち、革マル派が角材を用意したので、面倒になった私は、女のアパートにとめて貰って酒を飲み、学生総会へは出て行かなかった。

女のアパートに宿泊しても肉体関係は持たない。妙なところが純情だが、議長が行方不明のため学生総会は中止となり、結果として流血の惨事は避けられた。いまから考えると優柔不断の性分が見込まれて学生総会議長になったのだ。

浅草にある寺の倉庫に住みこんだのは、西鶴と芭蕉を読むためだった。学生のころから売文にいそしみ、実話雑誌から稿料を貰っていた。渋谷道玄坂のバーオーナーと知りあいになり、客の呼びこみで小銭を稼ぎ、若干の現金収入もあった。

もうひとつはつまらぬ話で恥ずかしいが卒論である。文芸部の顧問をしていた金田元彦先生に卒論「隠者文学の世間」として吉田兼好論を提出した。鴨長明の『方丈記』が好きで、巻頭の「ゆく河の流れたえずして、しかももとの水にあらず」は高校生のころより暗記していた。『徒然草』と『方丈記』を対比して書いた「傑作」のつもりが金田先生は「学問を甘く見るんじゃない」と烈火の如く怒って突き返してきた。

この年(一九六三年秋)、出版社三社の入社試験を受けてすべて落ちた。テレビ局の入社試験も落ちた。教職課程の授業は途中で放棄していた。そんなおり、最後にうけた平凡社の入社試験に合格したのだった。三百人受験して四名が採用された。

卒論の「隠者文学の世間」が受理されなければ卒業できなくなる。金田先生の家へ行くと①「内容が小説的である」②「論理に飛躍が多く説得力に欠ける」の二点を指摘された。西鶴『好色一代男』のほうがきみに向いている、と書棚から岩波版『西鶴上・下』巻二冊を渡された。

読みはじめると、面白くてやめられなくなった。西鶴は大坂の商人の子に生まれ貞門の俳諧を学んだ。俳諧の優劣を判ずる点者となったのは二十一歳で「なんだ、いまのオイラと同じ歳じゃないか」と気がついた。

『好色一代男』は遊里小説である。絵入りの浮世草子で、さし絵がついているから読みやすい。「好色」という反道徳的なテーマを『源氏物語』五十四帖にならって五十四章にしている。天和二（一六八二）年は古典の板本が出廻った時代で、話好きの町人は『源氏物語』を読んでいた。

光源氏が、つぎつぎと女たちとの色恋をくりかえしていく話は、江戸時代になって、ようやく町衆も読むことができた。それまでは貴族だけが許された「好色」行為を、町人が真似する世相になった。「士農工商」身分制度の最底辺にいた町衆が貴族なみの「色恋の世間」を夢想するようになった。

色恋沙汰がようやく町人の遊びとなった。そこに目をつけたのが西鶴の手柄で、大学ノートに「いろはにほへと色恋のあや」と書きこんだ。

石原慎太郎『太陽の季節』が重なって「むかし西鶴いま慎太郎」だった。西鶴の世間を「時代の気分」として分析すれば、認めてくれるかもしれない。金田先生は平安初期の歌人在原業平《ありはらなりひら》の研究家として知られていた。「伊勢物語」の主人公である業平は、容姿端麗で情緒的な和歌の名手だった。色好みの本家ですね。ただし、「いまの時代と同じ価値観で男女の情事、密会、を解釈してはいけない」と口をすっぱくして言われていた。

平安時代の「男女の密会」は「世間の無常」と表裏一体で、世間は悲劇的にとらえられた。色欲の世間は特権的な無常で、悲しいもの、苦しいもの、とされた。山上憶《やまのうえおく》良《ら》の「貧窮問答歌《ひんきゅうもんどうか》」がその一例です。金田先生にそう言われて「プレイボーイがつぎからつぎへと女をたらしこむのは平安の無常の影響ですね。いつもだれかに恋して、恋と別れをくりかえす、つまり、プレイボーイの心の世間には無常の風が吹きつづける」と感想を言ったら「偉そうな口をきくな」とたしなめられた。額田王《ぬかたのおおきみ》はかつて大《おお》海人皇子《あまのみこ》(のちの天武天皇)と夫婦の仲であったのに、天智天皇の後宮となって恋歌をやりとりした。

西鶴の世間は「町衆の色恋」を肯定してそそのかした。「色欲と一体化して日々を楽しむってことですね」。ここで「そうそう」とほめられた。

「尾崎紅葉の『金色夜叉』では、ダイヤモンドに目がくらんだ許嫁《いいなずけ》のお宮を、貫一は熱海の海岸で蹴っとばしますよね。蹴とばす像が立ってる。貫一はのち金貸しとなり、つまり金色の夜叉となって報復する。あれって、資本主義の勝利宣言ですね」。金田先生は返事をせずに、ぷいと横をむいた。

芭蕉(一六四四〜九四)は西鶴(一六四二〜九三)より二歳下で、ほぼ同世代を生き、西鶴が没した翌年に死んだ。ともに俳諧師であったから同年代のライバルだった。芭蕉は西鶴の『好色一代男』や『好色五人女』『世間胸算用』といった浮世草子の板本をすべて読んでいたと思います。なぜなら西鶴をやたらと嫌っていた。芭蕉は半農地侍の息子で、十三歳のとき父が没したので、伊賀上野の侍大将の奉公人として養われた。西鶴は裕福な町人の子で、かわいがられて育った。ともに談林派の西山宗因の弟子だから、仲のよい弟子になれるはずだったのに。

西鶴が、一昼夜独吟一六〇〇句というパフォーマンス（『西鶴俳諧大句《おおく》数《かず》』）を興行したとき、芭蕉は三十三歳で江戸小石川の水道工事をしていた（シコシコ稼いで、じつは大儲け）。芭蕉は「いまに見てろよ」と思ったでしょうね。江戸時代は平安時代とは違って、ある程度は現代人の感性に近い。

同じころ（延宝六年）の芭蕉の句。

雨の日や世間の秋を堺町《さかいちょう》（江戸廣小路（三ケ津））

堺町（東京都中央区人形町《にんぎょうちょう》）には芝居小屋があり、衆道の遊里があった。この地に足を踏み入れると、別世間となる。一般世間と境（サカイ）をつけた場所で、そこにシトシト秋の雨。芭蕉には杜国《とこく》（名古屋の米問屋）という衆道の恋人がいた。ＬＧＢＴのＢ（バイセクシャル）で両刀遣い。西鶴には『男色《なんしょく》大鑑《おおかがみ》』という著書がある。

芭蕉は堺町の世間を一般の世間と違ったものととらえていた。この句を詠んだときは桃青《とうせい》号。さらに伊賀上野時代の句。

花にいやよ世間口《せけんぐち》より風のくち（真蹟短冊・寛文年間）（宗房号）。

世間には、世間口という「噂の口」があって、乙女にとっては世間口より吹かれる「恋の噂」がはずかしい。風神が持つ風袋から吹いてくる桜の花にむかって言っている。流行していた「ひとり寝はいやよ」という小唄の口調で詠んだ。

芭蕉の世間とは、現実にある人間関係と、人と人とのつながりである。そこのところは西鶴の世之介と同じ世間である。

西鶴は、『好色一代男』の評判に気をよくして俳諧から離れて『好色五人女』を書いた。世之介が愛欲の自由を掲げて、古い道徳観念をうちやぶったのは遊里であった。遊里はそのじつ金銭が顔をきかす世間である。『好色五人女』は、遊里の裏面に視線を変え、不義密通に目を転じた。反社会的な恋愛に殉じた男女の実話を集めた。五人の恋愛カップルの心中事件が絵入りで報じられるノンフィクション（という設定）である。

お夏清十郎《せいじゅうろう》（姫路）、樽屋《たるや》おせん（大坂）、おさん茂右衛門（京都）などがよく知られ、映画化された。なかでも評判を呼んだのが江戸のお七《ひち》吉三郎である。

本郷の八百屋の娘お七が若衆の吉三郎と恋仲になるが、母親に引きはなされ、火事があればまた逢えると思って放火した。天和二（一六八二・芭蕉三十八歳）年十二月二十八日駒込大円寺を火元とする大火である。芭蕉庵が類焼し、芭蕉は死体が流れる隅田川を這って渡って、危く一命をとりとめた。

お七はさらしものとされたあげく火刑となり、吉三郎は出家した。お七はひたすら恋に生きたヒロインとして描かれたが芭蕉は被災者である。お七だかお八だか知らないが、恋に狂った放火娘を「純愛の鑑」とする世間を、芭蕉は受け入れられない。

金銭が「世之介」という「色恋に自由」なキャラクターを作り、それまでの「世間」という見取り図を変えたのだが、大坂の西鶴が「江戸の世間」を絵入りで捏造した。芭蕉の「世間」は、自分が関わっている人間関係の古池にある。感動とは、古池に蛙飛びこむ水の音で、ひとりひとりの心のなかに古池がある。そんな古池に放火犯お七みたいな娘が飛びこまれては迷惑千万である。「古池や……」は「お七の火事」の四年後の新庵で詠まれた。

西鶴の「世間」は、「色恋」と「金銭」によってムクムクと急成長した「町人」のなかにあったが、元禄五年に書かれた『世間胸算用』では大晦日の夜のさまざまな町人風俗に目をむけている。巻頭に「大晦日は一日千金」と記されている。そういえば、八百屋お七の火事は十二月二十八日で大晦日の三日前であったな。

西鶴の浮世草子には、いかにしてお金持ちになるか、という、ハウツー本の要素があり、「金銭さえあればなんでもできる」(『世間胸算用』)という実用書的側面が、新らしい。西鶴以前に、ここまであけすけに書く人はいなかった。さすが大坂商人である。『日本永代蔵』巻頭には、「にわか成金」「二代目で身代がつぶれた店」「世は欲の入札《いれふだ》」など、リアルな商人話がずらずら出てくるが六行ほど読みすすむと、「天地は万物《ばんぶつ》の逆旅《げきりよ》、光陰《こういん》は百代《はくたい》の過客《かかく》」とある。あれれ、どこかで読んだことがありますね。芭蕉の『おくのほそ道』の巻頭、

「月日は百代《はくだい》の過客《かきやく》にして……」と似ている。もとは李白の詩「天地ハ万物ノ逆旅、光陰ハ百代ノ過客」で、ご両人の基本読書は同じだった。あるいは芭蕉が『日本永代蔵』を読んでいたか。西鶴の「世間」は、いまの日本人が使う「世間」とほぼ同じである。金持のケチ自慢もいろいろ揃っている。あえて世間の流儀を無視して成功した話も出てくる。西鶴は「色と欲」から世間を見て、芭蕉は「情と侘」が価値の基準となった。しかし「ほそ道の旅（出羽三山）」で「不易流行《ふえきりゆうこう》」なんてことを言い出した。不易は「不変の価値」で、流行は変化。「流れゆく川はもとの形をとらず変化して、また新らしい形となる。句は一刻たりとも同じ場所に停滞してはいけない」。鴨長明みたいなことを言うから弟子たちは訳がわからず、芭門は分裂していく。

西鶴は晩年、目が見えなくなった。病中の絶作『西鶴置土産《おきみやげ》』では、「好色一代

男」が落ちぶれる運命を書いた。辞世吟で「浮世の月見過しにけり末二年」と生涯をふりかえった。西鶴にとっての世間は「浮世の月」という感慨だ。

というようなことをめんめんと作文して提出したのだが、金田先生はぱらぱらってめくってろくに読みもせず「ま、これでいいでしょう」と言った。

その半年後に私は平凡社に就職し、松尾君は大手出版社月刊誌のデスクになった。と、月日はタンタンと過ぎていったのですが、七年後に神田の古書店で、松尾君が撮影した写真に再会した。雑誌表紙のモデル嬢の顔に見覚えがあり、なかを見ると逆版（フィルムの表裏が逆）で印刷されていた。本棚に並んだ『西鶴集』の背も逆版になっていた。私が寺の庫裡に寝泊まりしたのは五カ月間で終わった。月に何回か撮影があって、下宿人の私はスタジオ番人を兼ね、そのぶん下宿代も安かった。撮影後、松尾君が、モデル嬢がセックスしてもいい、と言っているよ、と言ったが、すすめられるとしたくなくなる。これも隅田川の岸辺の思い出だ。大学に戻って会う同級生お嬢様たちの恋愛ごっこは、けっこうお盛んで、それぞれのボーイフレンドとできているようであった。空手部の主将だったN先輩は日活映画スターのような美丈夫であったが、渋谷の愚連隊安藤組に入って、抗争で射殺されてしまった。

世間ことはじめ

新入社員になって初任給を貰ったとき、なんだかやたらと興奮して手と心臓がふるえた。先輩に編集技術の初歩を教えられて、現金を受けとった。一カ月通勤して、手ほどきを受け、会社という世間を教わった。会社員としての自負。職業の任務、持続する意志、努力、友情、連帯、義理人情、豪傑社員列伝自慢、局長の権力、部長の理性、課長の徳、組合委員長の大胆不敵、係長の誇り、一年先輩社員の功名心、万骨枯る元役員の参与、我慢する体力、無知の自覚、など、学生時代には体験できなかった事件がつぎつぎとおこった。

給料は茶封筒のなかに現金二万七千円、百円硬貨から十円玉までが明細書とともにじゃらじゃらと入っていた。ずしりと重い給料袋をポケットにねじこみ、五〇〇グラムのトンカツを食いにいった。五月、六月と勤め、梅雨に入った。雨に濡れて歩く、なんて書生ぽいことはせず、傘をばりばり鳴らしてカツ丼屋のガラス戸をあけた。

これまでの人生で一番愉快なときであった。組合執行部にいた一年先輩の秀才がやってきて、「きみが好きな言葉はなにかね?」と訊かれた。長髪をなびかせた美青年が、ダビデ像のような微笑をうかべてそう訊くのだった。

世間、と答えると、

「そうじゃなくて、どんな、言葉が好きなのさ」

「だから、セケン」

ずっと世間に欲情してきた。

ダビデ青年はがっかりした表情を浮かべ、

「ぼくが好きな言葉は、思想だ。シソウ」

とつぶやいて目を細めた。そうか、ダビデ先輩はこの一言を言いたいために、訊いてきたのだな、と察した。この純情な先輩を鮮明に覚えているのは、その数年後に「私の思想は屍《しかばね》のように崩れた」といって退社したためだ。社内賭博、即ち花札(コイコイ)、サイコロ(チンチロリン)、麻雀で大負けして支払えなくなった。社内賭博は一カ月単位で給料を手にしたとき現金で支払うのが原則だが、大負けするとツケで年末(ボーナス)に精算する。三種のギャンブルがまざりあい、一人が払わないと、全体の決済ができない。

不法賭博だから払わなくてもすむが、会社という世間はそれを許さない。

バクチは編集者の時間つぶし本能で、新聞記者や作家や芸能人もやった。出版社に金があった時代で、暮れのボーナスが六カ月なんてのがザラにあった。

企画をたてて世間に網の糸を張った。時代がなにを求めているのか、という欲望のアンテナ。知らない町へ遠征して、閉ざされた闇世間の掟を探るのも命がけだった。たまには森の奥にテントを張って、二夜だけ暮らしてすぐにあきた。洪水跡の川で自然の残酷な仕打ちを体験し、「いま必要とされているものはなにか」を渉猟した。

出版社は中小企業で、世間という脳の岸辺を漂流する鰐となった。ワニですよ、ワニ。ワニの気分で獰猛にガリガリ齧るが、本能が劣化すれば死んでしまう。思想も武器のひとつで、国家を転覆させる力があり、両刃の剣だが劣化して錆びやすい。

三十八歳で退職したときは、飢えた鰐の気分で「世間の岸辺」を食い散らかして、突っ走った。「岸辺のアルバム」だな。赤坂八丁目の坂（四十代の隠れ家）、神楽坂の隠れ家となった裏道石段を、下駄をならして歩き、板塀の上を散策する猫に挨拶して町の景気を聴き、坂崎重盛と改造自転車に乗って下り坂の快楽を探求した。

編集稼業の兄貴ぶんは一人旅立ち、ふたり遠征し、三人昇華、四人炎上、五人は天体軌道へ。竹を細く割ったヒゴを組んで和紙を張り「西日さすそちらも風が吹きますか」の句を記して糸を繰り、冥界の空に揚げる。

会社勤めが本職といえるだろうか。

ほとんどの人が生計をたてるために就職した幸福な時代は終わった。新自由主義という世界終焉の悪夢が、中産階級の「夢の世間」をぶちこわした。世間の恩恵にあずかってしぶしぶ働き、なにか自分にほかの天職があるのではないか、と考えつつも、とりあえずは食うためには働かねばならない。うろたえる上司に仕え、本心がわからぬ同僚と競争し、無気力な部下にうんざりしながら定年を迎え、さあこれから自分がやりたかったことに取り組もうとする。だけど、なにをやりたかったかがわからず、とりあえず地区のサークルに入って新しい友を得るものの、これがくせもので、世間の底なし沼へずぶずぶと落ちるからご用心。困ったねどうも。

さて、小説家志望者はおよそ二十万人いるというが、執筆だけで生計がなりたっているのは数百人といったところ。フリーランス（ライター、イラストレーター、編集者）では三人にひとりが年収二〇〇万円未満という。六〇％が年収四〇〇万円に満たないから、生計がぎりぎりだ。専業とよべる作家は一〇〇人から二〇〇人ぐらい。新人賞を受賞した人に、出版社編集者はまず、こう言います。

「くれぐれも今のお仕事をやめないで下さい」

移動する世間

クルマに乗っているときは、自転車に乗っている人や歩行者にいらだって、なんだあいつら、危ねえなァ、と声をあらげる。これをクルマ目線という。信号が黄色なのにヨタヨタと渡る老人、あるいは信号無視で横断しようとする自転車に腹をたてる。

しかし歩くときはクルマが敵となり、黄信号でも赤信号になっても平気で渡る。歩行者目線となり、アンちゃんの運転手を睨みつけたりする。変なもんだね。

自転車に乗っているときは歩行者とクルマの両方から敵視される。クルマ一台が通るほどのアスファルト道路がややこしい。

ときどき歯科医院へ自転車で通院しているが、一橋大学雑木林沿いにあるはば五メートルほどの道路の一方通行を走る。はば一・五メートルの歩行者専用道が右側にあり、自転車は車道左側を走る。

交通規則がややこしく、クルマ目線、歩行者目線、自転車目線がぶつかって、どうおりあったらいいか、わからない。

ようはおたがいに相手を気づかってゆずりあっていけばいいのだが、年寄りはゆずりあったがゆえの事故をおこしたりする。

このところ自転車に乗る人がふえた。自転車で町内を廻っているうちに、体重が一〇キロ減った。で、多摩川土堤まで遠出して、甲州街道を走るが、車道にクルマが止めてあると、車道の中央に出て廻りこむしかない。後方からは大型車がブンブン飛ばしてくる。

車道と歩道のあいだに鉄柵があって、歩道に入れない。しばらく進んでから歩道に入り、自転車を押して歩くことになる。するとむこうから歩いてくる人にシッシッと追い払われて、自転車は微妙な立場におかれている。

大学通りやさくら通りには自転車専用レーンがある。細い一方通行レーンだから、若い連中は車道に出て追いこす。

びっくりするのは、ハンドルの前に子を乗せて走る二十代のお母さんである。シートベルトで腰を固定した子を座らせて、透明プラスチックの風防をつけて、さっそうと走っていく。ヘルメットをかぶった子は、ナチス将校のような威厳があり、水戸黄門の印籠にも似て「これが目に入らぬか！」という威光を放っている。

まことに日本のお母さんは強い。母親という存在は人間界に君臨する神であって、電動自転車に乗るとたちまち「移動する世間」となる。前と後方にひとりずつ、二人を乗せて走る「母上様」もいる。登り坂でもぐいぐい進む。ガーッとスピードをあげてこぐ。せんだって、スーパーウルトラ級の母上様を見た。前後に二人、背中に赤ん坊をおぶって驀進《ばくしん》していく姿を見て敬礼して拍手してしまった。

六十年前のわが家には一人一台計五台の自転車があった。父ノブちゃんと母ヨシ子さんと弟のマコチンとススムと家族五人で村山貯水池までサイクリングをした。ノブちゃんが先頭になって一列になって車道を走り、貯水池を一周してから弁当を食べた。

いまは四台の自転車がある。①バーゲンで買ったライトブルーの自転車（前に荷台ひとつ）②折りたたみ式自転車③三段ギア④ママちゃり（前後に荷台二つ。前の荷台はフードつき）だ。そのほか、⑤ベトナムから輸入したバンブー車（タイヤとチェーン以外は竹製の珍品）⑥『おくのほそ道』紀行で特注した羅針盤つきの芭蕉号（筆、短冊、望遠鏡、手裏剣つき）もあったがぶっこわれた。

折りたたみ式自転車は「廃線紀行」のときに使った。旅さきの宅配便センターへ送っておき、四、五日乗り廻して、帰るときはまた宅配便で自宅へ送り返した。

レンタル自転車をする駅がふえたので、それを利用するのもよろしい。自転車旅行は荷物はリュックサックひとつである。地方の町がさびれてサイクリングロードそのものが消えていく傾向もある。

北海道夕張鉄道（夕張～小樽）跡はサイクリングロードとなったが、十六年前に潰《つぶ》された。アカトンボが飛ぶ森の細道をS字状に進んでいくと、跨線橋《こせんきよう》が崩れ落ち、そのさきの道は朽ちはてて雑草に食い荒らされていた。

小道を自転車で走ると景色のなかに吸いこまれてカラダが風になる。『おくのほそ道』の旅を自転車で走ったときは、そこかしこから芭蕉の風が吹きつけ、本で読んだだけではわからなかった実感が見えてくるのだった。北上川沿いの登米がそうであった。トメと読むが、町の人々はトヨマと呼ぶ。「ほそ道」の旅では戸井摩《といま》と出てくる。「ほそ道」の芭蕉は、六月二十七日（旧暦五月十一日）に石巻河口より北上川沿いまで三〇キロさきの登米をめざした。水路調査の目的があったはずだ。芭蕉がいう「心細き長沼」はこのあたりだろう、と考えながら自転車で走った。

不思議な流れである。船着き場の杭《くい》に白鷺《しらさぎ》が一羽止まっていた。そのさきに立っている竿は、うなぎ漁の仕掛けで、川面には柳の枝一本、葉一枚がくっきりと映っている。兵陵が川になだれこみ、人影がない。目に入る風景が水墨画の掛け軸となる。

紀行するときは自転車が最適である。どれほど時代が進化しても、移動するときは人力のペダルに戻るのだよ。ギーコギーコ。

一日六〇キロほど走ると尻が猿のように赤く脹《は》れた。壁が崩れかけた山の湯につかり、太腿《ふともも》の筋肉の張りをほぐした。風呂につかりながら咲き散った藤の花の甘い残香に包まれる。ね、いいでしょ。高速道路が貫通したおかげで、旧道の交通量が少なくなり、自転車旅行派にとってはありがたい。

ローカル線が廃線となると、サイクリングロードとなるところもあり、茨城県の筑《つく》波《ば》鉄道（岩瀬〜土浦）跡は「つくばりんりんロード」となった。九州佐賀線（南佐賀〜諸富《もろどみ》）跡は「徐福《じょふく》サイクルロード」で国道208号沿いにあり、もう片側はタンボと農業用水がつづき、その奥一二キロさきは吉野《よしの》ケ《が》里遺跡で、ここ一帯は古代より人間が生活していた。

折りたたみ式自転車は車輪が小さいため、国道をぶっとばすトラックの風圧で飛ばされそうで、けっこう命がけである。北海道から九州までつながる自転車専用ロードを造れば自転車旅行派がふえるだろう。

いまの世間も正念場

　夢枕獏『ＪＡＧＡＥ《ジャガエ》・織田信長伝奇行』（祥伝社）は弁当箱みたいにぶ厚い信長伝である。序ノ巻「幻術師」に得体の知れぬ「高野聖《こうやひじり》のような漢《おとこ》」が登場する。加藤段蔵《だんぞう》という幻術師で、客が見ている前で、黒い牛を尻からひと口に呑《の》んでみせる。見物客が「おう」と声をあげてどよめいた。

「なんと」

「おそろしや」。

　牛は尻から腰、腹と段蔵の口へ呑まれていくが、じつは手品だった。しょっぱなから夢枕幻術と見せて、嘘をばらす。元服したばかりの信長（十四歳）が登場する。

　一ノ巻「河童淵《かっぱぶち》」には七歳の竹千代《たけちよ》が出てくる。可愛げがない。子供らしさがない。織田家の人質となった徳川家康である。泣かずの子であった。

　信長は、この竹千代を気にいって連れ歩く。大人びた口調でものをいう七歳の竹千代を馬に乗せた。馬が走り出し、竹千代が転げ落ちた。むむん……と唸《うな》って呻《うめ》いている。「やはり泣かぬか?」と信長は頓着しない。

「おい竹千代、ぬしのお父殿《でい》は、ぬしらを、煮るなと焼くなと好きにせよと、そう言うてきた」と信長が言う。竹千代は「わたしが馬から落ちて死んでおれば、困ることになるのは、信長さまにござりましょう」と、しれっとした顔で言う。「ああ、困る」。信長の返事は短い。

いいですねえ。若き日の信長とさらに若い家康の心中を見てきたように再現する。信長は川原で竹千代と相撲をとって、額や鼻、肘を血まみれにする。信長は、その性として怪異を信じない。幽鬼《ゆうき》や霊魂の存在も信じない。となると陰陽師《おんみようじ》や妖術、怪異譚《たん》を得意とする夢枕氏の対極にいる人物である。ど、ど、どうする。

三ノ巻「二人の父」で、信長は死にゆく父信秀に向かって「ひとつ頼みがある……」と言った。「もしも死して後にあの世があれば、なんとしても知らせてほしい」「よかろう」と信秀は顔を歪《ゆが》めて苦笑した。「一年、待つ」「わかった」。そのまま信秀はことりと眠った。父は四十二歳。信長は十九歳。

タイトルになった「蛇替え」は四ノ巻に出てくる。あまが池に巨大な蛇が棲《す》むという話を「猿」(秀吉)が聞き出してきた。信長は蛇替え—つまり蛇を捕まえるために池の水を汲み出す工事を命令する。五〇〇人の村人が集まり、四〇〇の鋤。鍬で掘ったが蛇は出てこなかった。「大蛇などおらぬ」と信長は断じた。

ここまでで四分の一で、五ノ巻「桶狭間異聞《おけはざま》」、六ノ巻「天下布武《ふぶ》」、八ノ巻「信玄《しんげん》吼《ほ》える」。九、十、十一、十二、十三「安土饗応」、終《つい》ノ章「本能寺」。本能寺には森蘭丸を含め三十人ほどの少人数。信長は炎につつまれて死を覚悟した。火が床を舐《な》めて壁を這《は》い上がるなかで、

〽人間五十年、下天《げてん》のうちをくらぶれば、夢幻《ゆめまぼろし》の如くなり

幸若舞の「敦盛《あつもり》」を舞う。謡っているのは加藤段蔵である。夢枕版信長の夢幻譚。

バクさんの「ジャガエ」の書評を書いていると、当の夢枕獏氏から電話がかかってきた。七十歳になったバクさんは体調を崩して自宅静養中。

原稿を書く指が震えて、それが文体に影響を与えて、文章が疾走していく。しかし文筆家たるもの、どのような現象であれ、それを楽しむ余裕と、意地で、遊ぼうという心意気がある。

いまが正念場。

バクさんはこれから俳句を詠むことを決意して、金子兜太の句「おおかみに螢が一

つ付いていた」を「脳を丸太でぶん殴られた」と評していた。この句はNHKテレビの番組「辞世句」で兜太さんが「俺の最近の吟だ」と台本に書いて示した。そのことを獏さんへの手紙で書いたので、そのいきさつを訊かれた。

バクさんは「オール讀物」七月号に、野坂昭如主宰句会の顚末を書いていて、私や南伸坊、坂崎重盛と大相撲初場所（国技館）へ行った話が出てくる。バクさんの声はやたらと元気だった。

いつだったか、金沢の料亭で瀬戸内寂聴さんと宴会をしたとき、「バクさん、愛人は何人いたのよ」と問いつめられた。その席には五木寛之さんや村松友視氏もいて、バクさんがアーウーと唸ってはぐらかしたのに嵐山は援護せずに、ニヤニヤしていたという。

バクさんは「オール讀物」八月号にそのときの話を執筆中で、「瀬戸内さんとの話、書いていいかな」と訊くから「いいんじゃないの。獏さんも静養中だから」と言った。話しだすと、あれやこれやの長話となり、世間の噂、拝察とはなんであるか。

で、なんだっけ。えーと、西村泰彦宮内庁長官が「天皇陛下が、五輪・パラリンピックの開催がコロナウイルスの感染拡大につながらないか、ご懸念、ご心配であると拝察している」と発言して波紋を呼んだ。拝察とは「察することの謙譲語」で「そう考えておられる、とつつしんで推察している」という意味である。憲法で「天皇は政治に関わらないことになっている」から「この発言は越権行為」と指摘する人もいる。

西村長官は政権中枢にいる人で警察庁出身である。警察は「察」の漢字が入っているから「察する」プロだよね。安倍政権で内閣危機管理監を務めた。「官邸寄り」人物の発言で、「拝察」というへりくだった表現を使っておりますが、天皇の代弁と考えていい。天皇は、開催による感染拡大を心配し、コロナに苦しむ人に心を寄せている。

平成の天皇（上皇）は「国民とともにある」という天皇の在り方を行動で示してきた。被災地訪問で膝をついて声をかける姿は国民の共感を呼んだ。戦争の歴史を学び、平和を希求する意志を表したのが戦没者慰霊の旅であった。平成二十八年「生前退位の御意向」（ビデオメッセージ）は、日本中に「驚き」と共感が広がった。天皇の表明は大事件でありました。

西村長官の「拝察」は「私の受け取り方で、天皇陛下から直接そういうお言葉を聞いたことはない。肌感覚として受けとめている」という。

肌感覚！

肌で察してしまう。

いい言葉ですねえ。これは外国語に翻訳できません。日本人でなければ理解できない文学的表現、すっかり「万葉集」の世間ですよ。平安時代の貴族が和歌に夢中になったのは、和歌が政治用語であったからです。和歌の比喩は「拝察」であり、裏の意味がある。拝察で胸中を吐露して、拝察で応じる。

肌感覚を持ち出した西村長官は令和の万葉集的閣僚といっていい。俗な言い方をすれば腹芸の歌人。歌舞伎十八番の一つ「勧進帳」の令和版といったところ。

そうこうするうち、緊急事態宣言が出されている東京で、第三十二回オリンピック開会式が行われた。会場の周辺では五輪反対のデモがくりひろげられ、式典でもコロナで犠牲になった人々への黙禱があったが、進行が遅れて、ようやく橋本聖子会長が六分半のスピーチをした。長い。IOCのバッハ会長は十三分間のスピーチで、ダラダラとわけがわからぬ話をした。そのあと天皇陛下は「私は、ここに第三十二回近代オリンピアードを記念する、東京大会の開会を宣言します」と一分以内の宣言。原文の英語「celebrating」の和訳を「祝う」ではなく「記念する」とした。天皇が「大会を懸念しておられる」ことが示された。

手首に女神の光が降りてくる

二回めのコロナワクチンをうったとき、白雪姫みたいな看護師さんが、瞳をきらりと輝かせて「わー、ステキな腕時計ですね」と声をあげた。はじめて行った診療所だった。「横尾忠則さんが描いたスウォッチですよ」と自慢した。ＭｏＭＡ（ニューヨーク近代美術館）のミュージアムショップが売り出したコラボレーション時計で、手首にＮＹの青い空が丸く写っている。ＮＹ港内リバティ島にある自由の女神像の背後に白い雲が浮かんでいます。

「いいでしょ」と嬉しくなって診察室の外にあるベンチで十五分間休みながら、うっとりと見た。

ＭｏＭＡが所蔵している美術品からゴッホの「星月夜」、アンリ・ルソーの「夢」、クリムト、モンドリアンとヨコオ。ヨコオ時計（二種）は発売と同時に売り切れで、週刊朝日の鮎川哲也記者に頼んで、「ＮＹ女神像」を取り寄せた。

「自由の女神像」は一八八六年、アメリカの独立百周年を記念して、フランスから贈られた。建設にはエッフェル塔を造ったエッフェルも参加した。像は四七メートルの台座をふくめて九三メートル。台座にはエレベーターが設置され、最上階（十階）から像内のらせん階段を登った記憶がある。頭部王冠の下が展望台の窓になっていて、王冠の上から七本の光（七つの大陸と七つの海）が出ている。

バッテリー公園からフェリーに乗って行ったが二〇〇一年9・11の同時多発テロ後しばらく、フェリー運航が禁止された。いまは予約制で登れるが、銅像が錆びて緑青がふき、緑色になった。

創設当時のMoMAはピカソやマチスなどヨーロッパ系絵画が主だったが、ポップアートはじめデザイン・映画などの視覚美術全般にわたるコレクションが充実した。ヨコオアートの「NY女神像」だって半世紀前の作品ですからね。現代の古典となりました。

腕時計の記憶は中学一年生にさかのぼり、叔父がシチズンを買ってくれたとき「社会に参加した」というトキメキがあり、成人式の祝いで父がセイコーを買ってくれた。

五十歳のとき、ジュネーブ北東にあるジュウ渓谷へテレビ番組の取材で行き、時計職人の技術に仰天して腕時計マニアとなった。時間を見るのではなく、腕に巻いた時計を見る。時計という装置に欲情した。

渓谷沿いにある日本の宿の露天風呂で、高級防水時計を腕につけたまま入浴するオヤジ三人組に会って、ダアと腰がぬけた。スッポンポンの裸で、頭に手ぬぐいを乗せて、防水腕時計を見せびらかして露天風呂に入っててんだよ。また別の宿では、客が夕食の宴会部屋に移ったとき、部屋に泥棒が入る騒ぎがあった。見つかりそうになった泥棒が渓谷へ飛びこんで溺死した。水死人の両腕にはオメガ、ロレックス、ロンジンといった時計が十八個巻きつけてあった。

そのころ私が愛用していたのは、子ども用のディズニーウォッチで、白雪姫やミッキーマウスが描かれていた。一五〇〇円ぐらいだが、貧乏な美術評論家、老詩人、頑迷固陋な小説家の目が「それ、ほしい!」と光った。十個ほどまとめ買いしていたから、欲しそうな人にはすぐさしあげて喜ばれた。

低価格のプラスチック時計で知られるスウォッチグループは、莫大な利益を使ってスイスやドイツ、フランスの時計ブランド(オメガ、ロンジン、ブレゲなど18社)を傘下に収める世界最大の時計コングロマリットとなった。

NY女神像スウォッチは丸型ラウンド(時計盤)の中央に女神像が立ち、右手で炎の筒をかかげている。秒針がなく針は二本だけである。腕時計で秒針がタッタカ廻るのは追いたてられているようだから不用である。

女神像の肩に白い雲が浮かび、小さくＳｗａｔｃｈと記されている。

やわらかいストラップ（ブレスレット）のデザインは小さく分割され、女神像三体、バラの花一輪、ＹＯ（ヨ）の紋章、ＮＹの高層ビル群、蝶、がコラージュされ、漢字で「石造自由之女神像昇天遠望之図」と刻印されている。半透明のストラップ止めに「ＭｏＭＡ」のマーク。

くるりと裏返すと、ストラップが純白で目にしみます。シンプルで美しい。

腕時計マニアは裏蓋を見る。裏蓋ごしにリューズが横一文字で差しこまれているのが見える。な、なんと、中央で歯車がぐるぐると廻っているじゃありませんか。英文で防水特許とあり、「スイスメイド」の文字。ストラップの穴は八個。

嬉しいのはアロハシャツにあう。私はハワイ製の現地ものアロハを三十着持ってますんでね。

子どものとき、腕に写し絵をした。怪獣やマンガ主人公の顔が紫色に染まった。写し絵のカラー版が出て、画像がずれないようにゆっくりとはがした。写し絵がないときはマジックインキで腕時計を描いちゃったもんね。写し絵は、簡易入れ墨であった。

横尾Ｓｗａｔｃｈを腕に巻くと、天上から女神が降りてきた感じでビビビビビッと電磁波が走る。これは「生きる霊波」を送る装置で、アートとは、このように、なにげない啓示となってあらわれる。「昇天遠望之図」というのは「空からの遠望図」でもあり、つまりは「神様の目」なんですよ。

時計を入れる固い紙箱はヨコオアートで「衆国紐育洲」のデザインが小型美術館となり、これだけでも九〇〇〇円（税別）の価値がある。薄紙の使用説明書は英語、フランス語、ドイツ語、スペイン語、ポルトガル語、トルコ語、ロシア語、中国語、日本語、アラブ語、イタリア語、ギリシア語、ウクライナ語、ハングル、といっぱいある。世界のファンがこの時計を腕に巻く。手首のスウォッチ画廊でヨコオ展が同時開催されている。

世界三十カ国で翻訳されている日本人作家っているのだろうか。美術作品は翻訳されずにナマで伝わるから、最強のアートですね。

いまは高級時計ブームで、ビジネスマンや芸能人はステータスとして数百万円するブランドをつける。ポルシェ一台が買えるほどの値段。が、生きていく念力をさずかるのは横尾スウォッチが最強ですね。手首に女神の光が降りてきます。

天の川を見にいく

天の川を見ようとして多摩川の土手まで歩いていった。甲州街道をトラックが飛ばして走る。青信号を確かめて横断歩道を渡り、首から懐中電灯をぶらさげて、とぼとぼと、じゃないな、ドスドスと歩き、中央自動車道下の通路をくぐると、堤防が砦のようにそびえていた。

土手の上は歩道と自転車専用レーンで、川沿いの草叢に腰をおろして、防虫スプレーを首や手首にふりかけた。虫が鳴いている。

寝っころがって夜空を見あげた。天の川は灰色の帯となって、ぼうっと霞んでいた。春の天の川は地平に沿って低く流れ、夏から秋はほとんど地平線のてっぺん近くにくる。高くなるのは冬で、光が弱々しい。八月の夜が絶好の星見どきとなる。

春の花見に対して初秋の星見がいい。暮れてゆく夜空に満天の星が輝く天体ショー。とはいえ、東京の空は濁っているので、町中からよく見えない。高村光太郎の妻、智恵子さんは「東京に空が無い。ほんとの空が見たい」と言った。『智恵子抄』は百年ちかく昔の詩で、「ほんとの空」を見るために福島県の阿多多羅《あたたら》山に行きたい。高山に登るか南の島へ行けば「ほんとの空」に逢えるが、まずは近くで天の川を見る。

七夕《たなばた》の和歌は「万葉集」に百三十首以上あり、古代の日本人はこの説話が好きだった。山上憶良《やまのうえのおくら》の歌「天の川相向《あいむき》立ちて我が恋ひし君《きみ》来ますなり紐《ひも》解き設《ま》けな」（天の川に向かいあって立ち、私の恋人が来ます。さあ、衣の紐を解いて準備をしておこう〈巻八・一五一八〉）。

「恋人が天の川を渡ってくるので下着の紐をゆるめておきましょう」とは、ずいぶん具体的に性行為を暗示している。

七月七日の夜、彦星《ひこぼし》（牽牛星《けんぎゅうせい》）が妻織姫《おりひめ》（織女星）に逢いにくる。織姫は機織《はたお》りをする女で、タナバタという言葉は「棚機《たなばた》」（棚《たな》で機織《はたお》る）から来ている。天帝の娘である織姫は天の川の西岸に住む彦星と結婚するが、織物の仕事を怠けたため、川の東に帰されて、夫と年に一度しか会えなくなった。単身赴任の人妻です。

もとは古代中国の説話『織女星』だったのが、日本風にアレンジされて、彦星が織姫に逢いに行く形になった。日本古代の恋愛は、男が女のもとに通う光源氏のパターンですね。

天の川をへだてて彦星が年に一回だけ織姫に逢うという悲恋話は日本人受けした。「万葉集」では柿本人麻呂はじめ読み人知らずまで、やたらと多くの人が七夕（天の川）悲恋話を詠んできた。『古今集』では紀友則《きのとものり》が「天の川の浅瀬を渡ったら夜が明けてしまった」と詠み、『伊勢物語』では業平《なりひら》が「狩《かり》をしているうちに天の川にきてしまった」と詠んだ。七夕は「悲恋を秘めた夕」なんですよ。

元禄時代には芭蕉さんが『おくのほそ道』の帰り道の日本海で「荒海や佐渡に横たふ天河《あまのがわ》」の名句を詠みました。

このころはコペルニクス（一四七三〜一五四三）の『地動説』は翻訳されておりません（あたりまえだけど）。芭蕉には「七夕」伝説が、常識として頭に入っていた。コペルニクス没後一四六年の元禄二（一六八九）年七月六、七日、芭蕉は日本海沿いの直江津に泊まって、佐渡島《さどがしま》を眺めた。雨が降りつづいて佐渡島は見えない。海が荒れて天の川も見えなかった。

佐渡は歌人流刑の島でありつつ金が掘り出され、悲劇と欲望が渦まく地である。芭蕉は出雲崎でこの句を着想した。実際には見えない天の川を幻視するところが腕の見せどころ。内面の宇宙に描かれた風景だった。

この句の前に「文月《ふみづき》や六日《むいか》も常の夜には似ず」がある。「荒海や……」の前の句で目立たないが、「七夕」伝説によると、彦星は七月六日の夜に天の川を渡りはじめて七月七日の明け方前に織姫に逢うことになっている。その故事にそった。

これはつぎの市振《いちぶり》での句「一家《ひとつや》に遊女もねたり萩《はぎ》と月」につながっていく。この句は同行した曾良《そら》に書きとどめさせたと『ほそ道』にあるが、曾良『俳諧書留《かきとめ》』には出てこない。旅のあとで作った句で、遊女と自分たちの旅を対比させようという意図が働いた。

名作とされる「紀行文」や「旅行記」は作り話（大嘘）ばかりであるな、と、多摩川の土手に寝っころがりながら考えた。

蚊が寄ってくるので、蚊取線香七本を枯草の茎に刺して点火した。周囲一メートルを蚊取線香で囲み、天の川を観察しながら、「コロナあけはどこを旅しようか」と思案した。グルグル廻る線香の輪は、太陽系惑星群に似ている。

芭蕉の「ほそ道」紀行は歌仙を巻く形でまとめられた。月山の月、象潟《きさかた》のねぶの花、天の川の恋。歌仙の芯《しん》となる月、花、恋を配し、遊女たちと自分の旅を見較べる構成となっている。

草叢から青銅色のカナブンが飛んできて、おでこにぶつかった。カナブンをつかんで夜空へ放ると、月明かりの奥へ飛んでいった。

どっこいしょ、と立ちあがったら膝がしびれて震えた。中腰になって膝頭を揉んで、ゆっくりと土手を降りた。

古代の日本人は、七夕の故事をリアルに信じていた。ロケットが月面着陸するシーンだって映像で見ただけで、実際に体験したわけではない。バーチャルな理解であることは、今も昔も変わりはないのです。七夕の故事は旧暦だから、陽暦七月七日よりも八月七日に近い。俳句で七夕の「季」は初秋。

懐中電灯をぶらさげて歩く私は、徘徊老人化してきた。家の近くの竹藪から、細い竹を一本折って家へ帰ると老母ヨシ子さんの家の台所の蛍光灯がついていた。

午後十時三十分で、ヨシ子さんは食後の薬を飲むところだった。

「七夕の竹ですよ」

と差し出して、メモ用紙をタテ半分に切って渡すと、しばらく考えてから一句を示した。

「薬飲んで夢ひとすじの天の川」

この句を竹のさきに糸でぶらさげた。

あとがき

大伴家持《おおとものやかもち》が越中守《えっちゅうのかみ》として赴任したのは二十九歳のときであったが、もとより恋多き名門の貴公子だったから数多くの娘たちと恋歌をかわしてきた。『万葉集』のなかでもっとも数が多く、およそ四百八十首を詠んでいる。『万葉集』の実質的編集長は家持であった。

家持の父旅人《たびと》は亡くなる前年、貴族のなかで政界ナンバーツーの地位につき、家持が十四歳のときに没した。で、美貌歌人の叔母坂上郎女《さかのうえのいらつめ》に守られ、和歌の手ほどきを受けた。その娘坂上大嬢《おおいらつめ》（つまり従妹《いとこ》）へ恋歌を送っている。

わたしの家に、きみの面影に似たなでしこの種をまきました。早くなでしこの花が咲けばいいのに。（万葉集巻八・一四四八）

けれど大嬢は五歳ぐらい下で結婚の相手としては若すぎた。令《りょう》に認められた「妻」は一人で、それ以外の「妾《おみなめ》」として暮らして、愛妾《あいしょう》が没したときの歌は、

秋になったら一緒に見ようね、と約束してきみが植えたなでしこの花が咲いたのに、きみはもういない。（巻三・四六四）

これはさだまさし調です。大嬢も亡妾《ぼうしょう》もなでしこをイメージした女である。ういういしく清楚で力強いなでしこは、家持の理想の花であった。そうです、女子サッカーの元祖なでしこジャパンは、家持が愛した女たちでした。撫《な》でいつくしむところから「なでしこ」の名がついた、という。

やがて大嬢を妻とするものの、越中の地へは単身赴任であった。妻が恋しい、妻以外の愛人も恋しい、と思うのは古来より日本男児の本能で、女がいなけりゃ自然のなかで淋しい風景を歌うしかない。

家持はひとりぼっちであることを自然のなかに感じる人であった。自然と自我が一体化して歌になる。

父の大伴旅人《たびと》が九州大宰府の邸宅で催した「梅歌の宴の詩の序「……初春の令月にして、気淑《よ》く風和《やわら》ぐ」（初春のよき月、天気は澄んで心地よく、風は穏やか）は「令和」という元号になりました。梅歌の宴を歌曲にして女性シンガーに歌っていただきたい。さてだれがいいでしょうか……とあれこれ考えた。

旅人・家持をはじめとする万葉歌人に共通するのは「抒情」です。抒情とは「情を述べる」ことで、感情的な主観。そのため「万葉集」には「世間」という言葉を使った歌が多く出てくる。「世中《よのなか》」もいっぱい出てくる。「万葉集」の歌によって、「世間」という言葉が奈良後期より使われていたことがわかるのですが、では「世間とはなんだろう」と考えはじめると、ややこしくなる。「社会」という言葉が使われたのは明治初期からで「society」を福地桜痴が社会と訳した。家族・村・ギルド・会社・政党・階級・国家などの集団で「社会に貢献する」とか習いましたが「世間」とは違う。社会悪と世間悪は別物です。社会運動はあるが世間運動はない。社会科・社会主義はあるが世間主義はない。いや、あるはずですが、世間は抒情と表裏一体だから説明のしようがない。政財界のボスが汚職や脱税や愛人スキャンダルで摘発されると「世間をお騒がせして申し訳ない」と謝罪する。これは有罪を認めているのではない。ニュースになっただけで、世間に申し訳ないと言う。世間は感情的でマッカな血が流れているのでそう弁解する。

しかし、「世間」の感情は年季が入った時代モノで、そう簡単には納得しない。家持をめぐる女たちは坂上大嬢ほか十五人ばかりいるが「怨恨《うらみ》の歌」はすさまじい。

歌謡曲にしろ軍歌・シャンソン・ジャズ・浪曲・革命歌・フォークソングなど、歌はすべて「世間」の抒情がこめられている。

大正時代に「私小説」という分野があった。西洋の自然主義文学が日本風にアレンジされたもので、岩野泡鳴《いわのほうめい》という作家は「神秘的半獣主義」を売り物とした。頽頭《たいとう》・世紀末・暗黒・刹那《せつな》・神秘を唱えて、関係した女たちをモデルにした私小説を得意とした。女権拡張論の闘士遠藤清と同棲し、翻訳を手伝った女と肉体関係を持ち、反道徳的姦夫《かんぷ》として名をとどろかせた。

藤村は私小説仲間・田山花袋の臨終の席で「世を辞していく気分はどうかね」と聞いたという。自宅に預った姪の島崎こま子に手を出して妊娠させてフランスに逃げ、その経過を小説「新生」と題して朝日新聞に連載した。実録風に書いたため、こま子は二重に凌辱された。愛欲生活は当人の自由だが、それを小説として書いたから、芥川龍之介は「老獪《ろうかい》なる偽善者」として、藤村の人も文学も嫌った。

嘘とデタラメを平気で言ってきた太宰治が、それでも読者をひきつけたのは、生きている者が自殺者に対して敗北感を抱くからで「女にだらしない」と言っても、自殺者の前ではそういった強がりも空しく響くだけである。

「世間」という感情は時代（状況）によって変化してきた。「万葉集」に家持の「二《ふた》上山《がみやま》の賦《ふ》」が出てくる。風邪をこじらせて病臥《びょうが》すればせつない感慨を歌い、日照りがつづけば国守《くにのかみ》として祈雨《きう》の歌を奉じた。二上山の賦、布勢《ふせ》の水海《みずうみ》の賦、立山の賦、とつづく。賦は中国古代の詩文で、旋律にのせて朗詠する。

伝承によると、越中にいた五年間に豪族真田仲好の娘深雪を現地妻とし、二人のあいだには為信という子が生まれ、これが越中大伴家初代となった。

と世間話を聞きながら、高岡市万葉歴史館へ行き、家持が巡った地を訪ねて回った。二上山の木立に囲まれた家持の像は右手に筆を持ち、左手には帳面。ふっくらとした男前である。二上山の城跡から小矢部川の蛇行が見えた。なにぶん千四百年前だから地形は変っているが、歌の言霊《ことだま》は残っている。言葉の力が千四百年をへだてて届いてくるのだった。家持が舟を浮かべた布勢の水海では牛蛙《うしがえる》がンゴー、ンゴーと鳴いている。風が吹くとさざ波がたち、水面に映った葦《あし》の葉がゆれる。キキキキッと鳥の声がした。ここには渡り鳥が来るという。勝興寺の越中国庁趾の碑は苔《こけ》むし、遥か万葉の世間に思いをはせた。

夕暮れの小矢部川沿いからは二上山がぼうっとにじみ、家持の詩魂が肌にしみいってくるのでした。

この本を編集した豊島洋一郎氏と協力してくれた嵐山オフィスの中川美智子さんに感謝し、御礼申しあげます。

本書は「週刊朝日」連載（「コンセント抜いたか」）を大幅に加筆、さらに書き下ろし原稿を加えて再構成した文庫オリジナル作品です。

年月日表記はほぼ掲載当時のままとしています。

不良定年　嵐山光三郎

定年を迎えた者たちよ。まずは自分がすでに不良品であることを自覚し、不良精神を抱け。実践者・嵐山光三郎がぶんぶんうなる。（大村彦次郎）

「下り坂」繁盛記　嵐山光三郎

人の一生は、「下り坂」をどう楽しむかにかかっている。真の喜びや快感は「下り坂」にあるのだ。あちこちにガタがきても、愉快な毎日が待っている。

ごはん通　嵐山光三郎

読むだけで美味い！　日本人と米のかかわり、米の料理・食品のうまさ、味わい方を文学者のエピソードや面白蘊蓄話と共につづる満腹コメエッセイ。

笑う子規　正岡子規＋天野祐吉＋南伸坊

「弘法は何と書きしぞ筆始」「猫老て鼠もとらず置火燵」。天野さんのユニークなコメント、南さんの豪快な絵を添えて贈る愉快な子規句集。（関川夏央）

超芸術トマソン　赤瀬川原平

都市にトマソンという幽霊が！　街歩きに新しい楽しみを、表現世界に新しい衝撃を与えた超芸術トマソンの全貌。新発見珍物件増補。（藤森照信）

路上観察学入門　赤瀬川原平／藤森照信／南伸坊編

マンホール、煙突、看板、貼り紙……路上から観察できる森羅万象を対象に、街の隠された表情を読みとる方法を伝授する。（とり・みき）

老人力　赤瀬川原平

20世紀末、日本中を脱力させた名著『老人力』と『老人力②』が、あわせて文庫に！　ぼけ、ヨイヨイ、もうろくに潜むパワーがここに結集する。

片想い百人一首　安野光雅

オリジナリティーあふれる本歌取り百人一首とエッセイ。読み進めるうちに、不思議と本歌も頭に入ってきて、いつのまにやらあなたも百人一首の達人に。

笑ってケツカッチン　阿川佐和子

ケツカッチンとは何ぞや。ふしぎなテレビ局での毎日。時間に追われながらも友あり旅ありおいしいものありのちょっといい人生。（阿川弘之）

蛙の子は蛙の子　阿川弘之　阿川佐和子

当代一の作家と、エッセイにインタヴューに活躍する娘が、仕事・愛・笑い・旅・友達・恥・老いについて本音で語り合う共著。（金田浩一呂）

あんな作家 こんな作家 どんな作家　阿川佐和子

聞き上手の著者が松本清張、吉行淳之介、田辺聖子、藤沢周平ら57人に取材した。その鮮やかな手口に思わず作家は胸の内を吐露。（清水義範）

男は語る　阿川佐和子

ある時は心臓を高鳴らせ、ある時はうろたえながら、12人の魅力あふれる作家の核心にアガワが迫る。「聞く力」の原点となる、初めてのインタビュー集。

杏のふむふむ　杏

連続テレビ小説「ごちそうさん」で国民的な女優となった杏が、それまでの人生を、人との出会いをテーマに描いたエッセイ集。（村上春樹）

キッドのもと　浅草キッド

生い立ちから凄絶な修業時代、お笑い論、家族への思いまで。孤高の漫才コンビが仰天エピソード満載で送る笑いと涙のセルフ・ルポ。（宮藤官九郎）

泥酔懺悔　朝倉かすみ、中島たい子、瀧波ユカリ、平松洋子、室井滋、中野翠、西加奈子、山崎ナオコーラ、三浦しをん、大道珠貴、角田光代、藤野可織

泥酔せずともお酒を飲めば酔っ払う。お酒の席は飲める人には楽しく、下戸には不可解。お酒を介した様々な光景を女性の書き手が綴ったエッセイ集。

鉄道エッセイコレクション　芦原伸編

本を携えて鉄道旅に出よう！　文豪、車掌、音楽家――、生粋の鉄道好き20人が愛を込めて書いた「鉄分100％」のエッセイ／短篇アンソロジー。

住み開き 増補版　アサダワタル

自宅の一部を開いて、博物館や劇場、ギャラリーにしたり、子育て世代やシニアの交流の場にしたりして人と繋がる約40軒。7軒を増補。（山崎亮）

消えた国 追われた人々　池内紀

カントが、ホフマンが、コペルニクスが愛した国はなぜ消えたのか？　戦禍によって失われた土地の記憶を追い求める名作紀行待望の文庫化。（川本三郎）

色川武大・阿佐田哲也 ベスト・エッセイ　色川武大／阿佐田哲也　大庭萱朗編

二つの名前を持つ作家のベスト。文学論、落語からタモリまでの芸能論、ジャズ、作家たちとの交流も。阿佐田哲也名の博打論も収録。（木村紅美）

井上ひさしベスト・エッセイ　井上ひさし　井上ユリ編

むずかしいことをやさしく……幅広い著作活動を続け、多岐にわたるエッセイを残した「言葉の魔術師」井上ひさしの作品を精選して贈る。（佐藤優）

ひと・ヒト・人　井上ひさし／井上ユリ編

道元・漱石・賢治・菊池寛・司馬遼太郎・松本清張・渥美清・母……敬し、愛した人々とその作品を描きつくしたベスト・エッセイ集。（野田秀樹）

一本の茎の上に　茨木のり子

「人間の顔は一本の茎の上に咲き出た一瞬の花である」表題作をはじめ、敬愛する山之口貘等について綴った香気漂うエッセイ集。（金裕鴻）

茨木のり子集　言の葉（全3冊）　茨木のり子

しなやかに凜と生きた詩人の歩みの跡を、詩とエッセイで編んだ自選作品集。単行本未収録の作品なども収め、魅力の全貌をコンパクトに纏める。

茨木のり子集　言の葉1　茨木のり子

一九五〇～六〇年代。詩集『対話』『見えない配達夫』『鎮魂歌』、エッセイ「はたちが敗戦」「『櫂』小史」、ラジオドラマ、童話、民話、評伝など。

茨木のり子集　言の葉2　茨木のり子

一九七〇～八〇年代。詩集『人名詩集』『自分の感受性くらい』『寸志』。エッセイ「最晩年」「山本安英の花」「祝婚歌」「井伏鱒二の詩」「美しい言葉とは」など。

茨木のり子集　言の葉3　茨木のり子

一九九〇年代～。詩集『食卓に珈琲の匂い流れ』『倚りかからず』、未収録作品。エッセイ「女へのまなざし」「尹東柱について」「内海」、訳詩など。（井坂洋子）

セルフビルドの世界　石山修武＝文　中里和人＝写真

自分の手で家を作る熱い思い。トタン製のバー、貝殻製の公園、アウトサイダーアート的な家、0円～500万円の家。カラー写真満載！（渡邊大志）

東京　吉祥寺　田舎暮らし　井形慶子

愛する英国流生活の原点は武蔵野にあった。住みたい街№1に輝く街、吉祥寺を「東京の田舎」と呼ぶ、奇想天外な井形流素朴な暮らしの楽しみ方。

遺　言　石牟礼道子　志村ふくみ

未曾有の大災害の後、言葉を交わしあうことを強く望んだ作家と染織家。新しいよみがえりを祈って紡いだ次世代へのメッセージ。（志村洋子／志村昌司）

大阪　下町酒場列伝　井上理津子

夏はビールに刺身。冬は焼酎お湯割りにおでん。呑ん兵衛たちの喧騒の中に、ホッとする瞬間を求めて、歩きまわって捜した個性的な店の数々。

旅情酒場をゆく 井上理津子

ドキドキしながら入る居酒屋。心が落ち着く静かな店も、常連に囲まれ地元の人情に触れた店も、それもこれも旅の楽しみ。酒場ルポの傑作！

身近な雑草の愉快な生きかた 稲垣栄洋 三上修・画

名もなき草たちの暮らしぶりと生き残り戦術を愛情とユーモアに満ちた視線で観察、紹介した植物エッセイ。繊細なイラストも魅力。 （宮田珠己）

屋上がえり 石田千

屋上があるととりあえずのぼってみたくなる。百貨店、病院、古書店、母校……広い視界の中で想いを紡ぐ不思議な味のエッセイ集。 （大竹聡）

一向一揆共和国まほろばの闇 五木寛之

「隠された日本」シリーズ第四弾。金沢が成立する前の「百姓の国」と一向一揆の真実、「ぬばたまの闇」と形容される大和の深い闇を追求する。

素湯《さゆ》のような話 岩本素白 早川茉莉編

暇さえあれば独り街を歩く、路地裏に入り思わぬ発見をする。自然を愛でる心や物を見る姿勢は静謐な文章となり心に響く。 （伴悦／山本精一）

大東京ぐるぐる自転車 伊藤礼

六十八歳で自転車に乗り始め、はや十四年。ペースメーカーを装着した体で走行した距離は約四万キロ！　味わい深い小冒険の数々。 （平松洋子）

ダダダダ菜園記 伊藤礼

畑づくりの苦労、楽しさを、滋味とユーモア溢れる文章で描く。自宅の食堂から見える庭いっぱいの農場で〝伊藤式農法〟確立を目指す。 （宮田珠己）

ナリワイをつくる 伊藤洋志

暮らしの中で需要を見つけ月3万円の仕事を作り、それを何本か持てば生活は成り立つ。ＤＩＹ・複業・お裾分けを駆使し仲間も増える。 （鷲田清一）

フルサトをつくる 伊藤洋志 pha

都会か田舎か、定住か移住かという二者択一を超えて、もう一つの本拠地をつくろう！　場所の見つけ方、人との繋がり方、仕事の作り方。 （安藤桃子）

ホームシック ECD＋植本一子

ラッパーのECDが、写真家・植本一子に出会い、家族になるまで。植本一子の出産前後の初エッセイも。二人の文庫版あとがきも収録。 （窪美澄）

ボン書店の幻　内堀弘

1930年代、一人で活字を組み印刷し好きな本を刊行していた出版社があった。刊行人鳥羽茂と書物の舞台裏の物語を探る。（長谷川郁夫）

ぼくは散歩と雑学がすき　植草甚一

1970年、遠かったアメリカ。その風俗、映画、本、音楽から政治までをフレッシュな感性と膨大な知識、貪欲な好奇心で描き出す代表エッセイ集。

雨降りだから　ミステリーでも勉強しよう　植草甚一

1950～60年代の欧米のミステリー作品の圧倒的で、貴重な情報が詰まった一冊。独特の語り口で書かれた文章は何度読み返しても新しい発見がある。

夢を食いつづけた男　植木等

俳優・植木等が描く父の人生。義太夫語りを目指し、のちに住職に。治安維持法違反で投獄されても平和と平等のために闘ってきた人生。（栗原康）

家族最初の日　植本一子

二〇一〇年二月から二〇一一年四月にかけての生活の記録（家計簿つき）。デビュー作『働けＥＣＤ』を大幅に増補した完全版。

嫌ダッと言っても愛してやるさ！　遠藤ミチロウ

パンクロックの元祖ザ・スターリンのミチロウ初期エッセイ集。破壊的で抒情的な世界。未収録エッセイや歌詞も。帯文＝峯田和伸（石井岳龍）

女子の古本屋　岡崎武志

女性店主の個性的な古書店が増えています。カフェを併設したり雑貨も置くなど、独自の品揃えで注目の各店を紹介。追加取材して文庫化。（近代ナリコ）

貧乏は幸せのはじまり　岡崎武志

著名人の極貧エピソードからユーモア溢れる生活の知恵まで、幸せな人生を送るための「貧乏」のススメ！　巻末に荻原魚雷氏との爆笑貧乏対談を収録。

古本で見る昭和の生活　岡崎武志

古本屋でひっそりとたたずむ雑本たち。忘れられたベストセラーや捨てられた生活実用書など。それらを紹介しながら、昭和の生活を探る。（出久根達郎）

上京する文學　岡崎武志

村上春樹、川端康成、宮澤賢治に太宰治——、作家の上京を「東京」の街はどんな風に迎えたのか。上京で読み解く文学案内。野呂邦暢の章を追記。（重松清）

酒場めざして 大川渉

東京の街をアッチコッチ歩いた後は、酒場で一杯！繁華街の隠れた名店、場末で見つけた驚きの店などを酒場の達人が紹介。（堀内恭）

愛とまぐはひの古事記 大塚ひかり

最古の記録文学は現代人に癒しをもたらす。奔放なエロスと糞尿譚に満ちた破天荒な物語の不思議な清浄感。痛快古典エッセイ。（富野由悠季）

既にそこにあるもの 大竹伸朗

画家、大竹伸朗「作品への得体の知れない衝動」を伝える20年間のエッセイ。文庫では新作を含む木版画、未発表エッセイ多数収録。（森山大道）

ネオンと絵具箱 大竹伸朗

現代美術家が日常の雑感と創作への思いをつづった2003〜11年のエッセイ集。単行本未収録の28篇、カラー口絵8頁を収めた。文庫オリジナル。

文壇挽歌物語 大村彦次郎

太陽族の登場で幕をあけた昭和三十年代。編集者の目から見た戦後文壇史の舞台裏。『文壇うたかた物語』『文壇栄華物語』に続く〈文壇三部作〉完結編。

中央線で行く東京横断ホッピーマラソン 大竹聡

東京〜高尾、高尾〜仙川間各駅の店でホッピーを飲む！文庫化にあたり、仙川〜新宿間を飲み書き下ろし、各店データを収録。（なぎら健壱）

多摩川飲み下り 大竹聡

始点は奥多摩、終点は川崎。多摩川に沿って歩き下っては、飲み屋で飲んだり、川原でツマミと缶チューハイ。28回にわたる大冒険。（高野秀行）

酔っぱらいに贈る言葉 大竹聡

古今東西の小説家、落語家、タクシー運転手等が残した酒にまつわる約五十の名言をもとに、著者が酒の底なしの魅力について綴る。（戌井昭人）

本と怠け者 荻原魚雷

日々の暮らしと古本を語り、古書に独特の輝きを与えた「ちくま」好評連載「魚雷の眼」を、一冊にまとめた文庫オリジナルエッセイ集。（岡崎武志）

マジメとフマジメの間 岡本喜八

過酷な戦争体験を喜劇的な視点で捉えた岡本喜八。創作の原点である戦争と映画への思いを軽妙な筆致で描いたエッセイ集。巻末インタビュー＝庵野秀明

あさめし・ひるめし・ばんめし　大河内昭爾選　日本ペンクラブ編

味にまつわる随筆から辛辣な批評まで、食の原点がここにある。文章の手だれ32名による庖丁捌きも鮮やかな自慢の一品をご賞味あれ。（林望）

銀座の酒場を歩く　太田和彦

当代きっての居酒屋の達人がゆかりの街・銀座を呑み歩き。老舗のバーから蕎麦屋まで、銀座の酒場の粋と懐の深さに酔いしれた73軒。（村松友視）

年収90万円でハッピーライフ　大原扁理

世界一周をしたり、隠居生活をしたり。「フツー」に進学、就職してなくても毎日は楽しい。ハッピー思考術と、大原流の衣食住で楽になる。（小島慶子）

思い立ったら隠居　大原扁理

せちがらい世の中で、ほとんど働かず、楽しく毎日を生き延びる方法。キラキラ自己啓発本とは対極のしわしわ自己完結本。（漫画付　辛酸なめ子）

土曜日は灰色の馬　恩田陸

顔は知らない、見たこともない。けれど、おはなしの神様はたしかにいる――。あらゆるエンタメを味わい尽くす、傑作エッセイを待望の文庫化！

読書からはじまる　長田弘

自分のために、次世代のために――。「本を読む」意味をいまだからこそ考えたい。人間の世界への愛に溢れた珠玉の読書エッセイ！（池澤春菜）

わたしは驢馬に乗って下着をうりにゆきたい　鴨居羊子

新聞記者から下着デザイナーへ。斬新で夢のある下着を世に送り出し、下着ブームを巻き起こした女性起業家の悲喜こもごも。（近代ナリコ）

夕陽妄語1（全3巻）　加藤周一

高い見識に裏打ちされた時評は時代を越えて普遍性を持つ。政治から文化まで、二〇世紀後半からの四半世紀を、加藤周一はどう見たか。（成田龍一）

夕陽妄語2　加藤周一

生きていることを十全に楽しみつつ、政権や国際政治には鋭い批判を加え、しかし、決して悲観的にはならない。代表作としての時評。（鷲巣力）

夕陽妄語3　加藤周一

加藤周一は、死の直前まで時代を見つめ、展望を示し続けた。鋭い知性と明晰な言葉でその意味を探り、単行本未収録分を含む決定版。（小川和也）

人とこの世界　開高健

開高健が、自ら選んだ強烈な個性の持ち主たちと相対する。対話や作品論、人物描写を混和して描き出した「文章による肖像画集」。（佐野眞一）

書斎のポ・ト・フ　開高健／谷沢永一／向井敏

博覧強記の幼馴染三人が、古今東西の文学を料理しつくす。庖丁さばきも鮮やかに談論風発・快刀乱麻の驚きの文学鼎談。（山崎正和）

開高健ベスト・エッセイ　小玉武編　開高健

文学から食、ヴェトナム戦争まで——おそるべき博覧強記と行動力。「生きて、書いて、ぶつかった」開高健の広大な世界を凝縮したエッセイを精選。

葡萄酒色の夜明け　小玉武編　開高健

旺盛な行動力と好奇心の赴くままに書き残された優れたエッセイを人物論、紀行文、酒食などに整理し、併せて貴重な書簡を収める。

たべもの芳名録　神吉拓郎

食べ物の味は、思い出とちょっとのこだわりで、より奥が深くなる。「鮓」「天ぷら」「鮎」「カレー」……。食エッセイの古典的傑作。（大竹聡）

好きになった人　梯久美子

栗林中将や島尾ミホの評伝で、大宅賞や芸術選奨を受賞したノンフィクション作家が、取材で各地を訪れ出会った人々について描く。（中島京子）

ひきこもりグルメ紀行　カレー沢薫

博多通りもんが恋しくて——。家から一歩も出たくない漫画家が「おとりよせ」を駆使してご当地グルメを味わい尽くす〝ぐうたら系〟食コラム。

詩歌の待ち伏せ　北村薫

〝本の達人〟による折々に出会った詩歌との出会いが生んだ名エッセイ。これまでに刊行されていた3冊を合本した〈決定版〉。（佐藤夕子）

春夏秋冬　料理王国　北大路魯山人

一流の書家、画家、陶芸家にして、希代の美食家でもあった魯山人が、生涯にわたり追い求めて会得した料理と食の奥義を語り尽す。（山田和）

ねにもつタイプ　岸本佐知子

何となく気になることにこだわる、ねにもつ。思索、奇想、妄想はばたく脳内ワールドをリズミカルな名短文でつづる。第23回講談社エッセイ賞受賞。

なんらかの事情　岸本佐知子

エッセイ？　妄想？　それとも短篇小説？……モヤッとするのに心地よい！　翻訳家・岸本佐知子の頭の中を覗くような可笑しな世界へようこそ！

味見したい本　木村衣有子

読むだけで目の前に料理や酒が現れるかのような食の本についてのエッセイ。古川緑波や武田百合子の食卓。居酒屋やコーヒーの本も。帯文＝高野秀行

つらい時、いつも古典に救われた　清川妙　早川茉莉編

万葉集、枕草子、徒然草、百人一首などに学ぶ、前向きにしなやかに生きていくためのヒント。古典講座の人気講師による古典エッセイ。（早川茉莉）

自然のレッスン　北山耕平

自分の生活の中に自然を蘇らせる、心と体と食べ物のレッスン。自分の生き方を見つめ直すための詩的な言葉たち。帯文＝服部みれい（曽我部恵一）

地球のレッスン　北山耕平

地球とともに生きるためのハートと魂のレッスン。そして、食べ物について知っておくべきこと。絵＝長崎訓子。推薦＝二階堂和美（広瀬裕子）

死の舞踏　スティーヴン・キング　安野玲訳

帝王キングがあらゆるメディアのホラーについて圧倒的な熱量で語り尽くす伝説のエッセイ。「2010年版へのまえがき」を付した完全版。（町山智浩）

向田邦子との二十年　久世光彦

あの人は、あり過ぎるくらいあった始末におえない胸の中のものを誰にだって、一言も口にしない人だった。時を共有した二人の世界。（新井信）

文房具56話　串田孫一

使う者の心をときめかせる文房具。どうすればこの小さな道具が創造力の源泉になりうるのか。文房具の想い出や新たな発見、工夫や悦びを語る。

ポケットに外国語を　黒田龍之助

言葉への異常な愛情で、外国語本来の面白さを伝えるエッセイ集。ついでに外国語学習が、もっと楽しくなるヒントもつまっている。（堀江敏幸）

その他の外国語エトセトラ　黒田龍之助

英語、独語などメジャーな言語ではないけれど、世界のどこかで使われている外国語。それにまつわる面白いけど役に立たないエッセイ集。（菊池良生）

世界のことば アイウエオ　黒田龍之助

世界一周、外国語の旅！　英語や日本語といった身近な言語からサーミ語、ゾンガ語まで、100のことばについて綴ったエッセイ集。（高野秀行）

狂い咲け、フリーダム　栗原康編

国に縛られない自由を求めて気鋭の研究者が編む。大杉栄、伊藤野枝、中浜哲、朴烈、金子文子、平岡正明、田中美津ほか。帯文＝ブレイディみかこ

はたらかないで、たらふく食べたい 増補版　栗原康

カネ、カネ、カネの世の中で、ムダで結構。無用で上等。爆笑しながら解放される痛快社会エッセイ。文庫化にあたり50頁分増補。（早助よう子）

私の東京地図　小林信彦

オリンピック、バブル、再開発で目まぐるしく変わる東京だが、街を歩けば懐かしい風景に出会う。今と昔の東京が交錯するエッセイ集。（えのきどいちろう）

鴻上尚史のごあいさつ 1981-2019　鴻上尚史

公演の度に観客席へ配られる鴻上尚史の手書き文章「ごあいさつ」を完全網羅。上演時を振り返る「解説」も作品毎に加筆したファン必携のエッセイ集！

減速して自由に生きる　髙坂勝

自分の時間もなく働く人生よりも自分の店を持ち人と交流したいと開店。具体的なコツと、独立した生き方。一章分加筆。帯文＝村上龍　（山田玲司）

次の時代を先に生きる　髙坂勝

都市の企業で経済成長を目指す時代は終わった。地域で作物を育てながら自分の好きな生業で生きよう。競争ではなく共助して生きる。（辻井隆行）

将棋エッセイコレクション　後藤元気編

プロ棋士、作家、観戦記者からウェブ上での書き手まで――「言葉」によって、将棋をより広く、深く、鮮やかに楽しむ可能性を開くための名編を収録。

ゴッチ語録 決定版　後藤正文

ロックバンドASIAN KUNG-FU GENERATIONのフロントマンが綴る音楽のこと。対談＝宮藤官九郎他。コメント＝谷口鮪（KANA-BOON）

私の猫たち許してほしい　佐野洋子

少女時代を過ごした北京。リトグラフを学んだベルリン。猫との奇妙なふれあい。著者のおいたちと日常をオムニバス風につづる。（高橋直子）

ちくま文庫

「世間《せけん》」心得帖《こころえちょう》

二〇二一年十月十日　第一刷発行

著　者　嵐山光三郎（あらしやま・こうざぶろう）
編　者　坂崎重盛（さかざき・しげもり）
発行者　喜入冬子
発行所　株式会社　筑摩書房
　東京都台東区蔵前二―五―三　〒一一一―八七五五
　電話番号　〇三―五六八七―二六〇一（代表）
装幀者　安野光雅
印刷所　中央精版印刷株式会社
製本所　中央精版印刷株式会社

乱丁・落丁本の場合は、送料小社負担でお取り替えいたします。
本書をコピー、スキャニング等の方法により無許諾で複製することは、法令に規定された場合を除いて禁止されています。請負業者等の第三者によるデジタル化は一切認められていませんので、ご注意ください。
© KOZABURO ARASHIYAMA 2021 Printed in Japan
SHIGEMORI SAKAZAKI
ISBN978-4-480-43773-0 C0195